愿你在凉薄的世界里，

　　尽情地欢腾。

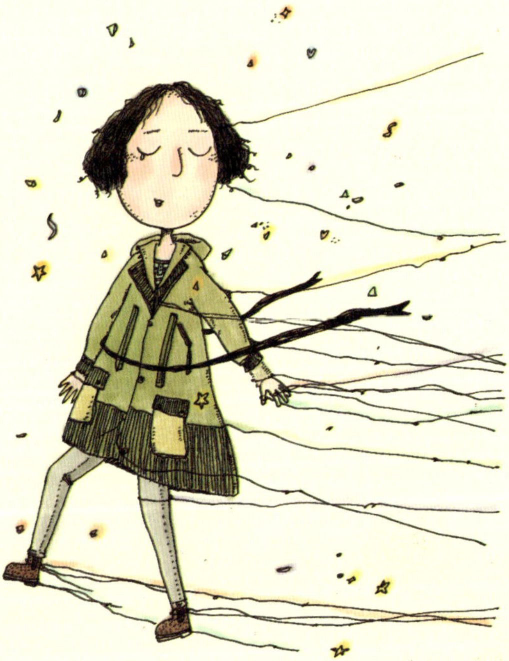

万一我们一辈子单身

著—— 少女绿妖

北京时代华文书局

图书在版编目（CIP）数据

万一我们一辈子单身 / 少女绿妖著. -- 北京 : 北京时代华文书局，2017.4
ISBN 978-7-5699-1485-6

Ⅰ．①万… Ⅱ．①少… Ⅲ．①随笔－作品集－中国－当代 Ⅳ．①I267.1

中国版本图书馆CIP数据核字（2017）第056357号

万一我们一辈子单身

Wanyi Women Yibeizi Danshen

著　　者｜少女绿妖
出 版 人｜王训海
选题策划｜曾　丽
责任编辑｜曾　丽　石乃月
装帧设计｜蔡小波　王艾迪
插画设计｜锅一菌
责任印制｜刘　银　范玉洁

出版发行｜北京时代华文书局 http://www.bjsdsj.com.cn
　　　　　北京市东城区安定门外大街136号皇城国际大厦A座8楼
　　　　　邮编：100011　电话：010-64267955　64267677
印　　刷｜北京京都六环印刷厂　010-89591957
　　　　　（如发现印装质量问题，请与印刷厂联系调换）

开　　本｜880mm×1230mm　1/32　印　张｜7.5　字　数｜172千字
版　　次｜2017年5月第1版　印　次｜2017年7月第2次印刷
书　　号｜ISBN 978-7-5699-1485-6
定　　价｜39.80元

版权所有，侵权必究

目 录
Contents

·第一章·
像少年一样去爱，像成人一样克制

003　万一我们一辈子单身
008　暗恋像跟自己谈了一场恋爱
013　相爱吧，终有一散的人们
018　那你们还在一起吗
022　我们需要怎样的关系
027　为了让我们变成谁也比不上的关系
032　爱会来的，在对的时候
036　你不孤独，你还有爱
041　备胎手记
046　像少年一样去爱，像成人一样克制
050　我想要死乞白赖再爱一次

053 旧情人的旧习惯

056 吃醋嘛，不过是想要一点点甜

059 希望你等来的是自己需要的那辆公交车

062 敬我们那些无望的爱情

· 第二章 ·

像犀牛那般一个人走吧

071 我独自生活

075 致世上另一个我

079 我们其实没有明天

083 像犀牛那般一个人走吧

088 一人食

092 我们都以为梦想实现轻而易举

097 你喜欢自己吗

101 睡不着的夜晚

104 脑海中的橡皮擦和月光宝盒

107 如何薄情地活在世界上

113 让所有孤独得到抚慰

117 生活是个浑蛋，但我仍热爱

· 第三章 ·

我就是个没有故事的女同学

123　小心，你的少女心

127　我就是个没有故事的女同学

131　不是cool girl也没关系

136　我不愿有人陪我颠沛流离

141　野马般的女汉子都是可爱女人

145　我并不想坚强到让人觉得我是万能的

149　二十岁时我曾幻想死亡

156　好好活到筋疲力尽那一天

162　真喜欢梦想啊爱啊这些虚无的词

166　星期五下午突然想打一个电话

· 第四章 ·

去你的好姑娘永垂不朽

175　贝壳不在动物园

180　你是孤岛，他们是海

185　那个朋友是怎么失去的

189　忧伤的时候，到厨房去

192　聊天时每个人都聊自己

196　夏天是窗边抓不住的那只蝉

201　我们去烧烤吧

205　我们这些恐惧的年轻人

208　去你的好姑娘永垂不朽

212　我们如何走到结婚这一步

219　你内在忧郁，你是胆小鬼

224　人嘛，还不是互相麻烦

229　后记

第一章

像少年一样去爱,像成人一样克制

万一我们一辈子单身

盛夏的七月,我帮关系亲密的K先生搬家,从下午一直搬到晚上。大致收拾好之后,我俩都累得爬不起来了,瘫在沙发上开始玩手机。突然,K先生问我:"你有没有想过你会一直这么单身下去,单身一辈子啊?"我先是摇头,之后又点头。摇头是因为确实没想过一辈子会怎样,因为一辈子太长;点头是因为确实想过一直单身怎么办。

算起来,单身时日也不算短,五年不足四年有余,我都开始担心自己是不是爱情绝缘体,别人看到都会自然而然地避开我,觉得此人不需要爱情;或者男生都会觉得跟我在一起做哥们儿的体验更好,做情人难免会浪费一个有趣的朋友。是这样吗?其实我也不得而知,总之就是这么多年来一直都是一个人。所幸,我还有颗能承受住各种秀恩爱的不怎么强大的心脏。

我崇尚一种自然舒适的情侣关系,两个人腻在一起的时候就甜甜蜜蜜地相爱，做尽情侣间该做的事情，牵手、拥抱、亲吻，还有那件羞羞的小事，用力地相爱，平静地生活；不腻在一起的时候，就守在各自拥有的空间里，做自己的事情，阅读、健身、增长见识、会亲访友。木心说，最好的生活状态是冷冷清清的风风火火。我觉得爱情的状态也是如此，冷冷清清地保持自己的孤独，远离喧嚣，风风火火地保持对事物的热情，追求所爱。"那是在最平静的日子，我们好久没有出门旅行，没有朋友来到城里，喝掉我们的这瓶酒。有人来信，谈他清淡的生意。有人用打印的卡片，来祝贺生日。你已在转椅上坐了很久，窗帘蒙尘，阳光已经离开屋子。穿过门厅回廊，我在你对面提裙，坐下，轻声告诉你，猫去了后院。"这是来自作者陆忆敏的诗《风雨欲来》，我特别喜欢诗里形容的二人世界，很平和，但是暗里却很激烈，像是先吹来一阵和煦的暖风，再吹来一阵疾风。

因为理想如此，所以在生活中更不愿意将就；但不将就，就得要一直保持这样单身的生活状态，这是矛盾的。可能这是一个还有些理想主义的人生活在现实里的无奈吧。我自然是想和另一个人度过好多但是不是全部的时光，自然想要在情人节的时候收到一块哪怕是一块钱的巧克力，自然想在挂窗帘的时候有个大个子能帮我，自然想在饮水机失灵的时候有人像是通晓万物一样帮我把饮水机修理好，自然想在深夜惊醒的时候转头看看旁边熟睡的另一个人还在就转头继续睡……不过总是迈不出第一步，等不来另一个人。

但是，我一个人的时候，学会了好多。早上会在七点前起床，煎蛋，切火腿，和面包一起吃，吃完就看会儿日语，准时从家出门去上班。最近晚上在学做饭，尝试了几样以土豆为原料的菜，除小部分不成功外，其他的还是味道很棒的，基本属于饿不死的程度了，我妈很是欣慰，我决定国庆的时候给她露一手。周六日会跑出去玩，运动一整天，常会累到趴下就能睡觉。学会修饮水机，你们不一定知道饮水机制热开关坏掉怎么做个小手术又不花钱就能让它重新工作；学会安装简单的家具，并且惊奇地发现我居然会喜欢这件事情；学会修抽水马桶，原来它漏水的时候可以采取那样的方法来修复……还有好多好多生活上的小事情，都让我觉得，不一定是我变成了更好的自己，而是我更从容地面对生活。在《爱情刽子手》里，心理学家Irvin D.Yalom说："自由的意思是，人要为自己的选择、行动、自己的生活处境负起责任。"在我一个人的时候，经历了一些事情之后，突然无比认同这句话。这大概是我学会的最重要的东西。

有人莽撞地带着烈酒和心声，与我们一醉方休；有人抽着令我们窒息的雪茄，很无礼地瞪着我们；甚至有不怀好意的小偷和骗子，深藏于众人之中，稍不留意，便会给我们制造伤口，令我们痛不欲生。我们单身可能就是害怕遇到这些"小偷和骗子"吧。而且这样的状态久了，好像很难接受另一个人在自己生活中充当重要的角色吧。所以才会对外界宣称"单身美好""一个人也很棒啊""谈恋爱多麻烦"。其实人这样的社群动物，还是需要在人群中寻求温柔的。

一辈子太长，我二十几岁的年纪来谈之后几十年的事情，自觉资历浅薄。不敢奢求自己万一真的一辈子单身能过得非常棒，虽然我也想过这样的事情，我想过万一我真的单身很久，我至少会阶段性地保留对某一个人的热情，即使两个人到最后没有结局，我也愿意就当是最后一次恋爱来燃烧自己。不过，一辈子真的很长，有很多事情还没到一半，还有很多事情还没有开始，恋爱更是如此，谁知道自己拐个街角是不是就会遇见命中注定呢？虽然身边的很多女性朋友已经完成了结婚生子的人生阶段，步入新的旅程，我好像慢了很多步，而且份子钱不知道什么时候能收回来；虽然家里长辈时不时提醒是时候找个男朋友，在我提出能不能跟男朋友同居，获得肯定答复后，仍没有找到可以同居的人；虽然还是常常担心自己真的变成爱情不侵的体质，要再单身个五年不足四年有余，但我还是愿意等下去，像歌里唱到的，"偶尔我难受的时候就走近南面的窗户，看看世界给我是晴朗还是雾。喜欢独处并不等于蓄意陷溺在孤独，我相信当无其他人救赎，人能格外清楚。"也不想说"如果真的一辈子单身，也挺好"这样的鬼话，只是觉得我还愿意等，因为单身的缘故。

007-

暗恋像跟自己谈了一场恋爱

秋天的时候，月亮升起得比夏天早，好像日子总是飞快地进入黑夜，似乎很着急要把这一天过完。不知道是哪天的风，送来了哪天的花香，让我做了一整个夜晚的梦，时间倒退回很多年前，似乎是刚刚懂什么叫作喜欢的时候。那时的我们不过是十五六岁的年纪，我也不过是个鲁莽的姑娘，跟你隔着一段距离，追着你的自行车，像个卫兵一样一路护送你回到家。你转头冲我一笑，梦一下子就醒了。这么多年过去，偶尔还是能想起暗恋的时光，像是跟自己谈了一场恋爱，自顾自地加了所有恋爱的剧情。

你有多久没有那种心情了，就是那种急急忙忙跑着见一个人的心情，害怕赶不上约定的时间，害怕对方等得很着急。抵达约定的地点，等了半个小时，对方才姗姗来迟，你只说："没关系没关系，我也才刚等了五分钟而已，你来了就很好。"是呀，对方只要来了就很好，我们为什么还要计较时间的早晚。

暗自喜欢一个人之后，自己开始变得温柔，变得关注天气变化。秋天来了，天气转凉，担心他有没有多穿一件衣服；看见他的时候，心里像绽放了一亿个烟花般的开心，如果这个时候他笑一下就更好了；兀自在心里导演了和他的一生，你会和他在早晨慵懒地醒来，彼此道早安，一起享用一份混着爱情的早餐，你们会在天气晴朗的时候出门，带着一样的洗衣粉的味道，下雨天的时候轻轻靠着他肩膀，看电视或者瞎聊天……你幻想了和他生活的一百种模样，可没有一种是实现的，因为你仅仅是在谈一个你自己的恋爱，他是什么想法你还不知道。

那你为什么不去说呢？为什么不去告诉他呢？跟他说你很喜欢很喜欢他，像张悬的一句歌词，"在所有人事已非的景色里，我最喜欢你。"你最后还是害怕的吧。害怕告白就是告别，害怕有些话一旦说出口，没有回头的可能性，友情万一跳不到爱情，友情也就不能那么纯粹了。只是对方毕竟不会静止等待，他也会追求自己的幸福，追求他认准的另一个人，他又不知道你爱了他一场，他也不知道你因为爱着而忍受的沉默。害怕说出口失去友情，害怕不说出口失去对方，在这样的忧郁中，你最终还是没能说出口的暗恋哪，仍然是你一个人。

每个故事都该有个结尾，在你的暗恋故事里，你沉浸在自己营造出的恋爱气氛，感受那个平日里见不到的温柔的自己。你可能不会那么幸运地碰到那种情节，关于你喜欢的人也正好喜欢你的情节，大部分的人还是在遗憾里完成了自己的暗恋，最后你或许会从这段一个人的恋爱中解脱出来，或许不会，有什么关系呢，成长嘛，总要带着些许遗憾，供日后回忆起来的时候，下一杯小酒。别忘了要温柔，别忘了要快乐，别忘了爱过一个不可能的人像做了一个长长的梦。

你以后可能还会偷偷关注他的近况，但不再对他刚更新的一条内容做"阅读理解"；你以后可能偶尔还会收到他发来的问候，但不再过分解读成那是他也喜欢你的暗示；你以后可能会在某个熟悉的场景想起过去你们经历的微不足道的一点点交往，但不再沉溺在回忆里拔不出来。如何做到这些的？可能是因为你终于看透了那场暗恋里你其实模糊了两个概念——你喜欢的究竟是他，还是你自己的那个幻想？

作家乔叶这么说暗恋，是我见过极为细腻精准的描述："他偶然有句话，就想着他为什么要这么说？他在说给谁听？有什么用？他偶然的一个眼神掠过，她就会颤抖、欢喜、忧伤、沮丧。怕他不看自己，也怕他看到自己，更怕他似看不看的余光，轻轻地扫过来，又飘飘地带过去，仿佛全然不知，又仿佛无所不晓。觉得似乎正在被他透视，也可能正被他忽视。终于有一个机会和他说了几句话，就像荒景里碰上了丰年，日日夜夜地捞着那几句话颠来倒去地想着，非把那话里的骨髓榨干了才罢。远远看见他,心里就毛毛的、虚虚的、痒痒的、扎扎的,在猜测中既难受,又舒服,或上天堂,或下地狱——或者就被他搁在天堂和地狱之间。

"爱着的时候,费尽心思地打听他所有的往事,秘密地回味他每个动作的细节,而做这一切的时候,要像间谍,不让他知道,也怕别人疑心。是随意似的把话带到他身上,再做出待听不听的样子。别人不说,自己决不先提他的名字;别人都说,自己也不敢保持特别的沉默。这时候最期望的就是他能站在一个引人注目的地方,这样就有了和大家一起看他和议论他的自由。每知道一些就刻下一点,点多了就连出一条清晰的线,线长了,就勾勒出一幅清晰的图,就比谁都熟悉了这个人的来龙去脉,山山岭岭,知道了他每道坡上每棵树的模样,每棵树上的每片叶的神情。

"爱着的时候,有时心里潮潮的,湿湿的,饱满得像涨了水的河。可有时又空落落的,像河床上摊晒出来的光光的石头。有时心里软软的,润润的,像趁着雨长出来的柳梢。有时又闷闷的,燥燥的,像燃了又燃不烈的柴火。一边怀疑着自己,一边审视着自己,一边可怜着自己,一边也安慰着自己。自己看着自己的模样,也不知该把自己怎么办。有时冲动起来,也想对他说,可又怕听到最恐惧的那个结果。就只有不说,可又分明死不了那颗鲜活的心。于是心里又气他为什么不说,又恨自己为什么没出息老盼着人家说,又困惑自己到底用不用说，又羞恼自己没有勇气对人家先说。于是就成了这样，嘴里不说，眼里不说，可每一根头发，每一个汗毛孔都在说着，说了个喋喋不休，水漫金山。

"日子一天天过去，还是没说。多少年过去了，还是没说。那个人像一壶酒，被窖藏了。偶尔打开闻一闻，觉得满肺腑都是醇香。那全是自己一个人的独角戏，一个人的盛情啊。此时，那个人知道不知道已经不重要了——不，最好是不让那个人知道，这样更纯粹些。在这样的纯粹里，菜是自己，做菜的人是自己，吃菜的人还是自己。正如爱是自己，知道这爱的是自己，回忆这爱的人还是自己。自己把自己一口口地品着，隔着时光的杯，自己就把自己醉倒了。

"这时候，也方才明白：原来这样的爱并不悲哀。没有尘世的牵绊，没有啰唆的尾巴，没有俗艳的锦绣，也没有浑浊的泥汁。简明，利落，干净，完全。这种爱，古典得像一座千年的庙，晶莹得像一弯星星搭起的桥，鲜美得像春天初生的一抹鹅黄的草。

"这样的爱，真的也很好。"

陷入暗恋的人，是你也是我，我们不过都爱着爱情，在那样的爱情里一个人谈了一场恋爱。

相爱吧,终有一散的人们

夏天的时候,我以为只要紧紧地投身夏天的热浪里,夏天就不会走,天气凉了也倔强地穿着短打就是不肯换,周围的人都长衣长裤,以此抵御早晚的凉意,我总舍不得就此送走夏天。直到终于有一天,我真的被秋天打败了,才不得已收起了各种短打,告诉自己:夏天早就过去了,别犟了,该散就得散。

天气如是,人亦如是。人们在时间里,终有一散。

声音碎片乐队在歌曲《优美的低于生活》里唱到:"相爱吧,终有一散的人们。"如果仅仅听到"相爱吧",我会认为这是支歌颂的曲子,而当我听到"终有一散的人们",我知道,这才是生活的悲剧。我们跟大多数人可能还没来得及相爱,就已经各自消散在人群里了。

作家止庵在"一席"的演讲里说,所谓惜别,其实惜的是这个"别",但更多惜的是为"别"所终止的一段生活,或者说为这个"别"所终止的一个人与另一个人相处的时光。我一听这句话就被击中了,对呀,我一直在寻找合适的语句来形容这世间所有的分离,最后发现事实就是止庵说的这句话。

大学毕业的时候,从实习的公司请假十几天,回学校处理一些剩余的事情。杂事很多很纷乱,和朋友们的相聚时间不长,而且不知道为什么,好像结识了很多朋友似的,将时间安排得满满当当,上午和那个人聚会,下午和另一个人聚会,晚上和习惯喝酒的人一起吃烤串。在学校的最后几天,似乎是档期最满的日子,从没有什么时候比那时让我更为强烈地感觉到,我们平日里"相杀"的人们,会有那么"相爱"的时刻,而当我们感受到这爱意的时候,居然已经面临四分五散。这是个悲伤到不想承认的事实,就像我终于知道我爱你,而你已头也不回地离开了我。我记得那个时候,我和宿舍里关系最好的姑娘在电话里吵了一架,起因早就忘记了,多半还是因为我的急性子把她惹怒了。挂了电话后,我立马开始后悔在电话里说的话,她也在这个时候发来消息说:知道你是这么个臭德行,我们都不要生气了。可能当时正处在情绪非常充沛的时刻,看着信息,悄悄地抹起了眼泪。在那个分离的时刻,每个人都离奇地温柔起来,可能大家都意识到是该散的时候了吧。

我们跟每个人相遇相识相知的机会只有一次,当这一次被消耗之后，再来一次的时候，味道就不对了。和每个人的关系，似乎能从送行这件事情上看得分明。有人来家里做客，离去时，对某些人我们可能只是起身道声再见，对另一些人要送到门口，还有些人要送到小区门口，甚至执拗地送到车站。讲到这里，不知道你们有没有送别人结果跟他走回了家，还得让对方费神把你再送回来的经历，很好笑的是，我有，因为真的很舍不得跟对方就此说再见哪。还是毕业的时候，我离开学校比较早，一帮朋友十多个人排成队把我送出了宿舍大门，觉得不够，又送到了学校门口，一直送到长途站，期间挥手再见无数次，可大家好像就是没办法安心告别似的，直到我等的车来了，才就此作罢。坐到车上的时候，我终于能哭出声来，这一期一会的缘分大概到此为止了吧。

一段关系，不仅限于人和人之间，还有人和物，都有开始、升华、反转、低潮、终结，也可能会缺少中间几环，大致上是一样的。当我们身处其中的时候，总会忽略这段关系，可当失去的时候，才发现不适。这就好比习以为常的牙齿，当你拥有它的时候，你始终感觉不到它的存在；有一天你意外失去了几颗之后，用舌头一舔，此处是缺口，有风的时候甚至还会疼，这个时候你会开始想念那些有牙的日子。

与其散的时候觉得疼，不如趁还在的时候就狠狠地相爱；与其惜别，不如在相聚的时候珍惜在一起的时光。我一直觉得离别是需要练习的，知道某个人最后肯定是会因为各种理由离开的,所以把我们在一起的时光都当成最后一天对对方好,当离别到来的时候,遗憾估计会少一些吧。

归根到底,还是需要相爱。我说的相爱,不仅限于情人之间,范围应该更广,朋友、亲人、偶然发生联系的陌生人……春天来的时候,就该和春风、小花小草们相爱,感谢彼此又挨过了一个寒冬,迎来了新的开始;夏天的时候,就该和汽水、游泳池、另一个人相爱,感谢彼此要结伴一起流汗;秋天的时候,就该和山峦、落叶、家里早早亮起的灯、等着一起吃饭的父母相爱,感谢他们在凉风里带来的暖意;冬天的时候,就该和暖茶、拥抱相爱,感谢这个时候不是冰天雪地瑟瑟发抖。好像想想这些的时候,心情真的会变得柔软一点。

我们见到的太阳是8分钟之前的太阳,见到的月亮是1.3秒之前的月亮,见到一英里以外的建筑是5微秒之前的存在。我们眼前种种都是过去,我们无时无刻不在与过去告别。我们拥有的都是侥幸,我们失去的都是人生。时间不多,我们要缩短睡眠,把那些爱过的没爱过的都重新爱一遍,然后就可以心无芥蒂地打起瞌睡了。

终有一散的人们啊,我们相爱吧。

017-

那你们还在一起吗

今年冬天来得特别早,突然发现双人床空着的一半会特别凉,一翻身翻到了寂寞。一直叫嚣着要买一件毛衣来御寒,我可能到冬天结束也买不到那件很合心意的毛衣。三年来终于要在冬天蓄回长头发,不过到了明年夏天又可以剪掉了。不知道是不是人人都会长智齿,我没长过,然而我知道生活中都存在"智齿",让人痛一痛,一直不拔可能就一直痛,拔了之后可能痛一会儿,就像离开一个人。

那你们还在一起吗?

为什么突然想到这个问题?前几天采访了一个在校生,谈到高三忙着恋爱,自然而然地问她那你们还在一起吗?她说早就不在了。是呀,时间过去了,谁还能保证一直和谁在一起呢?特别是寒冷的冬天,拥抱都需要力量。

一个月前还没有这么冷,你会借着月光在家楼下的长凳上给他打电话,聊些有的没的,你跟他说今晚的月亮好圆好亮,他在电话那边快乐地点头,你没看到,但你感受到了。那份快乐的心情会蔓延过来,穿过电话,穿过心灵。一个月后的同样的夜晚,你晚归回家,又看到月亮好圆好亮,你却不会再打电话给他,你当然还有冲动想跟他说说看,最后却被一点点理智抑制住了。

三个月前你们计划短途旅行,去隔壁城市看海,海那么宽阔,在海里游泳的人那么多,你却能在一堆人里一眼认出他。五个月前你跟朋友聊天,询问他们要不要表白,可是你们才见过几次面而已,你担心这样会不会不真诚。八个月前你从没想到会认识这么一个后来可能让你牵肠挂肚的人吧。

那你们还在一起吗?

编号223的何志武说:"每天你都有机会跟别人擦身而过,你也许对他一无所知,不过也许有一天他会变成你的朋友或者是知己。"与女友分手后,他攒够了30罐过期的凤梨罐头,终于在最后失望的时候一口气吃完。"每个人都有失恋的时候,而每一次我失恋呢,我就会去跑步,因为跑步可以将你身体里面的水分蒸发掉,而让我不那么容易流泪,我怎么可以流泪呢?"他和女朋友没在一起了。编号633的警官说:"她走了以后,家里很多东西都很伤心,每天晚上我都要安慰它们才能睡觉。"其实我们都懂,他哪里是安慰家里的其他物件,他不过是在安慰自己,因为他和女朋友也没有在一起了。

歌里常常说，只见过合久的分了，没见过分久的合。歌里唱的是实情，不过我们向来懒得体察，就放任自己随意来吧，生活给了什么都随意来吧，我们接受还不行？不能接受强迫接受还不行？

我跟我的室友没有在一起，怎么可能在一起？我像只没拴绳子的野鸟，只想跑，最好一刻也不要停留；她们像归巢的燕子，返回温暖的窝，日出而作日落而息，也很美好。

我跟我的父母没有在一起，他们已经没多少力气迈出来了，而我估计要走得更远。

我跟所有的情人没有在一起，当然都曾经紧紧拥抱过，抵御风寒，不拒寒冷，可是从没有跟情人完整地跨过一年四季，在热烈的日子紧靠，在寒冷的日子远离。强烈体会到小学作文题里，背景描写的重要性，分手的时候，眼泪和雨雪天气更配。

那你们还在一起吗？你们不是曾经相约上下学一起，有喜欢的人要第一个告诉对方，上课写小纸条约定在小卖部买什么零食跟对方分享的吗？你们不是傻乎乎地学电视里歃血为盟，喝三两白酒结拜，然后喝多了躺在沙发上直到父母回来吓一跳吗？你们不是一起分享心事，诉说对哪个人的复杂心情吗？你们作为朋友，陪伴对方的日子能有多长呢？不过是人生几年，如今的她是不是先你一步结婚生子，享受人伦的快乐呢？

那你们还在一起吗?他不是跟你在一起半年后才牵起你的手,怎么转身就在课桌下偷偷拉了另一个女孩呢?她不是承诺说你考上大学就和你在一起,怎么突然就恋上了大二的学长呢?时间怎么就冲淡了你们?所谓浓烈的爱还是会慢慢变淡的,所谓亲密的关系还是会慢慢变得疏离。

我们最后都没有跟谁在一起,最后都湮没在时间的洪流里,虽然没那么快变得冷漠,但是上次谈起心事是什么时候?让我算算我开始远离的人,比如做了妈妈的,比如观点不再一样的,比如变得越来越丑的,我们远离别人的时候都特别狠,别人远离我们的时候也都特别狠。所以我们最终都没跟谁在一起。

看人的时候希望眼睛就是低像素相机,只要模模糊糊看到他们和善的外在,保持个礼貌的距离,也许能共存得久一点。我们都没见过平行线相交,但是我们都发现它们其实在一起待得很永恒。

天色有点暗,亲爱的陌生人,风大就裹紧衣服,没和什么人在一起,也没关系吧,再碰见的时候还是要义无反顾地拥抱呀。

我们需要怎样的关系

我喜欢给朋友打电话,相比较在微信里聊天,我更喜欢听见他们在电话里的呼吸声,那种呼吸声提醒我,我们共享了一个片刻。有那么一次,我刚出地铁,走在回家的路上,突然想要给人打个电话,于是拨通了大学宿舍关系最好的Y姑娘电话,其实也没有什么特别想聊的,但就是想要听听她说话,或者说我就想要找个关系好的人来说说话。讲着讲着不经意间抬头望了望天空,没什么星星,但是一颗月亮又大又圆又亮,我激动地告诉Y:"你快抬头看看,今晚的月亮特别亮!"过了一小会儿,Y说:"是呀,我看到了,真的特别亮。"心里觉得很舒服,是因为我俩的关系,打不离骂不散那种。

如果有什么话可以用来形容这样的关系,前段时间在微博上看到的一段很合适:"发现一种特别舒服的关系,并不总是你一言我一语地秒回,有时候愿意把我现在看到的所有东西一股脑儿地发给你,不用组织好精简的语言,啰里啰唆也不怕有哪句话说错,发完也不会等着回复,因为我知道你总会看见。是信任,是任何时候都不会被丢下的安定感。"我看到这段话的时候,刚好大学最好的朋友D在微博里转发了这段话,还把我和另一个好朋友圈出来,配了一个微笑的表情。如果说跟大学的好朋友有什么默契的话,那一定就是我认同的观点,他们也会认同,我们的关系走到今天,也全仗着大家三观契合这一点。

讲到人际关系,可能没有人可以回避掉或者逃离掉。人这样的社会性动物,除去动物性的行为,大概牵扯最多的就是人际关系吧。其实再讲明白一点,也不是简单的浮于表面的人际关系,而是人与人之间的亲密关系。卡勒德·胡赛尼在《群山回唱》里说:"有些人感到不幸福,是因为别人爱的方式:秘密地、热烈地、无助地去爱。"我偶尔也会感到不幸福,很大程度上是因为在跟某些人的相处中总觉得有悖于自己对这段关系的理想。

越长大我越发现,人和人之间的关系存在多样性,已经无法简单地划分为亲人、朋友、爱人。在朋友中可能隐藏着自己心心念念、爱得要死要活的暗恋对象,你们可能有超越友谊的东西,但是又很难进阶为爱人;在爱人中,不可或缺的就是两个人的朋友关系;有些人明明知道对方有了另一半,但是情难自禁地和对方陷入他们之间的爱情中;有些人和有些人可能只是渴望对方的身体，超过了渴望对方的灵魂……越来越多存在形式，使得我们越来越无法简简单单地将和某个人的关系划归到某个范围里。我们要承认某些关系是错误的吗？也不尽然。人嘛，基本都是站在某个立场来看待某个事物，换个立场事情可能就得翻转过来。

但无论是怎样的关系，可能我们都需要想想明白，我们需要怎样的关系。

"我最喜欢和你一起发生的，是最平凡最简单的日常，面对面看着彼此咀嚼食物，是最平静最安心的时光。"这是歌手魏如萱一首歌的歌词。我很喜欢，抄在本子上。说实在话，我其实并不太知道我们需要怎样的关系，我要写出来的话或者说我要说出来的话，只是陈述，不代表我要解决某个问题，很有可能说着说着我们都会释然，这也是常事。

我需要怎样的关系，可以这样形容——如果对你有什么期许，大概就是想要和你一起走过下一个四季。我并不十分在意某段关系的外壳，在我看来，这些外壳或多或少都有做给别人看的嫌疑。我看过很多家庭，他们外表看起来恩爱和美，其实内里早已分道扬镳。同床异梦大概是世界上最可悲的在一起吧？这样的外壳要来有什么用呢？

相较于关系的外壳，我更需要关系的内核。我需要一段关系，不需要必须给这关系一个定义，不需要对方一定为自己付出些什么，舒适，舒适就好。不刻意去维护，不需要去讨好，大家平起平坐，从来不会刻意去想，因为从来不会被忘记。是坐在一起，即使沉默，也觉得很舒服，不需要拼命找话题或者找点什么事做来填补沉默的空白；是可以面对面发呆，傻乎乎地看对方一阵子。有人说，最美好的相处莫过于舒适且不尴尬的沉默。"在这一小段时空里，我们交付了彼此的孤独，又用信任填补了它。"Patti Smith这样说。我想要的关系，不过就是舒适，舒适到忘了要去定义，忘了那些无所谓的名号，忘了那些所谓应该做的事情，没有人规定朋友该怎么做，情人该怎么做，也没有人规定我们两个人应该怎样相处。我们相处得愉快又舒适，彼此消解孤独，何必管那些无聊的外壳。我作为一个独立个体，会一直往前走，而你也会一直往前走，但是只要侧过头就能看见彼此，还有什么比这更安全的关系吗？

在某段关系里觉得痛苦，大抵是因为不那么舒适和对等。你希望对方和你在一起，对方却只想止步在朋友；你想要和对方结束关系，对方却想继续；在你心里他不再是最好的朋友，在他心里你还是占据重要的地位。每每遇到这样的事情，大概都想要个解决办法，都想要搞清楚我们需要怎样的关系。

弗洛伊德在《精神分析引论》里说过这样一句话："无论你们多么喜欢简略的事实，都无法否认（人本质的）这种复杂的真实性。简单粗暴的分类方式永远都不能带领我们走近真理，尊重你和对方之间的感情的独特性才是解决困惑最好的路径。"或许这就是解决痛苦关系的方法吧。放轻松点，觉得不舒适了，想解决问题，就单单从你们两个人的关系着手好了，想结束便结束，想继续便继续，事物总会有它自己的生长枯萎时期，别着急，交给时间好了。

我们只要真实地去面对就好，王小波就说："生为冰山，就该淡淡地爱海流、爱风，并且在偶然接触时，全心全意地爱另一块冰山。"真实对待自己，真实对待关系，就很好。我们本来就不是完全坚强的人，那不过是在不爱你的人面前的伪装。那个能让你放心拥抱的人，大概是让你觉得舒适的人吧，你大概就是需要这样的关系。

为了让我们变成谁也比不上的关系

"每个人的心里都有一团火,路过的人只看到烟。但是总有一个人,总有一个人能看到这火,然后走过来,陪我一起。

"我在人群中,看到了他的火,我快步走过去,生怕慢一点他会被淹没在岁月的尘埃里。我带着我的热情、我的冷漠、我的狂暴、我的温和,以及对爱情毫无理由的相信,走得上气不接下气。我结结巴巴地对他说,你叫什么名字。从你叫什么名字开始,后来,有了一切。"

网上流传说这是凡·高写给弟弟提奥的一封信里提到的,也有人辟谣说这是被人再创作。且不论真假,单从这些片段,就让我们内心升腾起无比的温柔。

我们热爱爱情,是因为爱情能让我们看到那个坚硬躯壳下柔软的自己。黄佟佟说:"爱真是一个人的事,你爱上别

人,自己觉得情深似海,对方如坐针毡;别人爱上你,你只觉无奈搞笑,爱莫能助。大概这世间最难得的喜悦,就是你爱的人也恰好爱你,因为又难得又短促,那样的日子都是珍珠,要用来照亮孤单的人生路。"我想世人行走江湖,本来以为要寻觅一番大事业,成就宏图伟业,到头来发现自己最大的渴盼不过是心爱之人早起在厨房忙碌,为自己煎的一份两面金黄的蛋。

"世间真正的爱情就像你准备了许久去见即便你舍生忘死都想要见到的罕见的风景,而它那天竟也真的愿意让你见到了,好似冥冥之中的天意。而在你们见到的那一瞬,便是那份爱的永恒。"我们常在世间寻找,想遇见一份爱情虽难,但不要担心不会存在。

最近我似乎沉溺在一种疑似爱情的情愫中,那份情愫似远山上寒寺里传出的钟声,若有似无。我已经很久没有体会到那种一溜小跑着要见某个人的感觉。而他的出现,像盆水浇在我身上,我开始焕发生机。想起他的模样会不由自主傻笑,见到他的时候心脏分明已经跳到嗓子眼。"无名小姐,你知道你的问题在哪儿吗?你怯懦,你没有勇气,你害怕挺起胸膛说：是的，生活就是这样，人们相爱，互相属于对方。因为这是获得真正快乐的唯一机会。"说得多好，我们若是相爱，不就是为了让彼此变成谁都比不上的关系吗？

为了让我们变成谁也比不上的关系，我想要问你们，你们会做什么呢？要是我的话，我设想过千万遍，要怎么表白，要怎么相处，我要怎么经营。我设想过我要在早上早早醒来，做一顿简单的早饭，等到对方刚好苏醒，洗漱完毕，正襟危坐在桌前的时候，他就可以吃到温度适宜的早饭。我设想过傍晚回家，记得买一些洋葱带回去，他说过他喜欢在蛋炒饭里放一些洋葱进去。我设想他运动过后把被汗湿透的衣服随随便便扔进了洗衣机，而如果我能帮他倒上洗衣液，只是按下按钮这个简单动作，就能保证他下次运动穿的衣服是干净的。为了让我们变成谁都比不上的关系，我设想的方法就是尽可能地对他好。

我要试着靠近你一点。我要研习你的习惯，知道你爱看什么电影，下次和你谈起电影的时候，我就不会目瞪口呆，就可以从导演说到演员，从演员说到剧情，从剧情说到我的观影感受，我们就可以热络地聊一整个下午；知道你没有那

么容易打动,我就慢慢来,不着急,因为一年有四季;听说你不怎么喜欢吃醋,还好我也不喜欢;你心思敏感,做事谨慎,那我的小举动你看到了吗?你有没有记得你流汗的时候,我立刻便会递上去的纸巾呢?

后来,也许我们真的变得亲近了许多。你会开始学着分享,分享书、音乐、电影,还有你的老故事,那些塑造你成为今天的你的很多经历。我们躺在草地上看星星的时候,你说好多话你从没对人说过,不知道为什么会安心地跟我说出来。你不知道的还有很多,比如我为了等这一天,等了多久;为了两个人见面的时候轻松些,我排练了很多场景;为了让你不那么费劲,我又费了多大劲。

可能会有人觉得这样很累啊,如果没有收获,自己简直就是自作多情。可是你们哪,肯定也忽略了偶尔像疯了一样想要拥抱对方的时候。茨维塔耶娃致里尔克的《三诗人书简》说:"那从不睡觉的一切,都想在你的怀抱中足足地睡上一觉。"我也想要在爱人怀抱里安心地昏睡一整个下午,为了达成这个夙愿,陌生人,你们还会觉得累吗?

"最最喜欢你,绿子。""什么程度?""像喜欢春天的熊一样。""春天的熊?"绿子再次扬起脸,"什么春天的熊?""春天的原野里,你一个人正走着,对面走来一只可爱的小熊,浑身的毛活像天鹅绒,眼睛圆鼓鼓的。它这么对你说道：'你好，小姐，和我一块打滚玩好吗？'接着你就和小熊抱在一起，顺着长满三叶草的山坡咕噜咕噜滚下去，整整玩了一天。你说棒不棒？""太棒了！""我就是这么喜欢你。"

以上的对白来自村上春树的《挪威的森林》。对，我就是希望和那只春天的熊变成谁都比不上的关系，在春天的原野上，安静地虚度时光。

爱会来的,在对的时候

深夜里睡不着,喝的酒又醒了,外面很给面子地下起了不大不小的雨,伴着能照亮天空的闪电,和算不上震耳的雷声,更睡不着了。索性起身坐在地上,看雨能下到什么时候。

人到夜里总会把白天的铠甲脱下来,放那个脆弱的自己出来呼吸夜里的新鲜空气,知道明天仍然要提枪上马,同不知道名字的怪兽继续决斗,现在就让弱小的自己好好活一会儿。夜里的还醒着的人,都会生出许许多多思绪,像被我们困了很久的野兽,既然关不住,就让它们随意奔走吧。

那么,我不禁想起了一个疑问:为什么我好像都没有爱着爱着就永远的幸运呢?

少年时期的恋人,我们曾经在山上奔跑着看落日,背靠着背唱周杰伦,我心疼他的小痛处,他怜惜我的小不幸。国旗下点名道姓说我们早恋,我们勾勾手,相视一笑,感觉下一秒就要脱掉这一身校服，为了对方奔走天涯。老师语重心长地劝我顾及一下年级排名，我仍有自信可以边牵着他边轻松上高中。为此挨的打受的伤，也是不计其数。人们哪，错就错在，总把暂时的东西当成永恒。我也固执地认为，我们大概是不会分开的吧。但十年过去，我们早就失去彼此的联系方式。分手的那个晚上，他和几个朋友拿着啤酒，蹲在我家院子外面，边喝边哭，边哭边喝，大喊我的名字，细细碎碎地说些胡话，念叨着不想不想。而我并不知情，若不是之后他的朋友相告。

高中时期的恋人，会在课间偷偷跑到教室放一瓶绿茶，会在下雨的时候一边给我打伞一边推着我的自行车，会精心准备生日礼物。在空间盛行的年代，一个男生写了满满一屏幕的情书呈现在你面前，积攒了一堆自己喜欢的东西，关注了很多自己都没关注的细节，想不爱都难。冬天我们也曾给对方搓手取暖或者把对方的手放进自己的口袋，夏天也曾担心冰棍化掉，满头大汗地跑去送给对方。不过，似乎总有情感衰竭的时候，然后便会争吵，会冷战，会手足无措。之后的之后，我越来越不温柔，他也越来越不细腻，另一个温柔的女孩子趁我不在的时候，牵起他的手，轻声细语安慰他。于是我们GAME OVER。

长长短短的日子里，遇见过形形色色的人。有我为之付出的，也有为我付出的。但是到了最后，竟没有留下一个人。

知乎上看到关于内心强大的一个回答是这样的：我认同的强大是，遭遇过人生的不幸，但仍期待幸福；受到过别人的背叛，但仍勇敢地去爱；看见过时间的丑恶，但仍付出善意。最强大的不是无畏赴死，也不是破坏，而是从黑暗和死地中坚信自己生命的向上，并为此不断攀爬。可能目前的不被爱，正是为了要修炼强大的内心。

不愿将就，难以苟且。在殷勤地向别人展示好意的时候，即使遭受冷遇，也仍旧愿意再多努力一分，直到消耗殆尽；待积攒足够多勇气，下次遇见另一个人，又像再次充电一样，将自己百般好千般媚再投射到这个人身上。

如果你被他伤得很痛，请感谢他好心折磨；如果你对他感到愧疚，请感谢他慷慨泪流。

如果你现在孤独寂寞，请感谢这美丽等候；如果你还在为爱犯错，请感谢还没找到我。

如果庆幸我值得拥有，请感谢我被放弃过；如果欣赏我坚强温柔，请感谢那珍贵伤口。

在我们相遇相爱之前，多亏有他让你成熟。在我们相遇相爱之后，遗憾都变成收获。

当我们终于紧紧相拥，所有苦难会甜美结果，我们就耐心逗留，爱会来到，在对的时候。

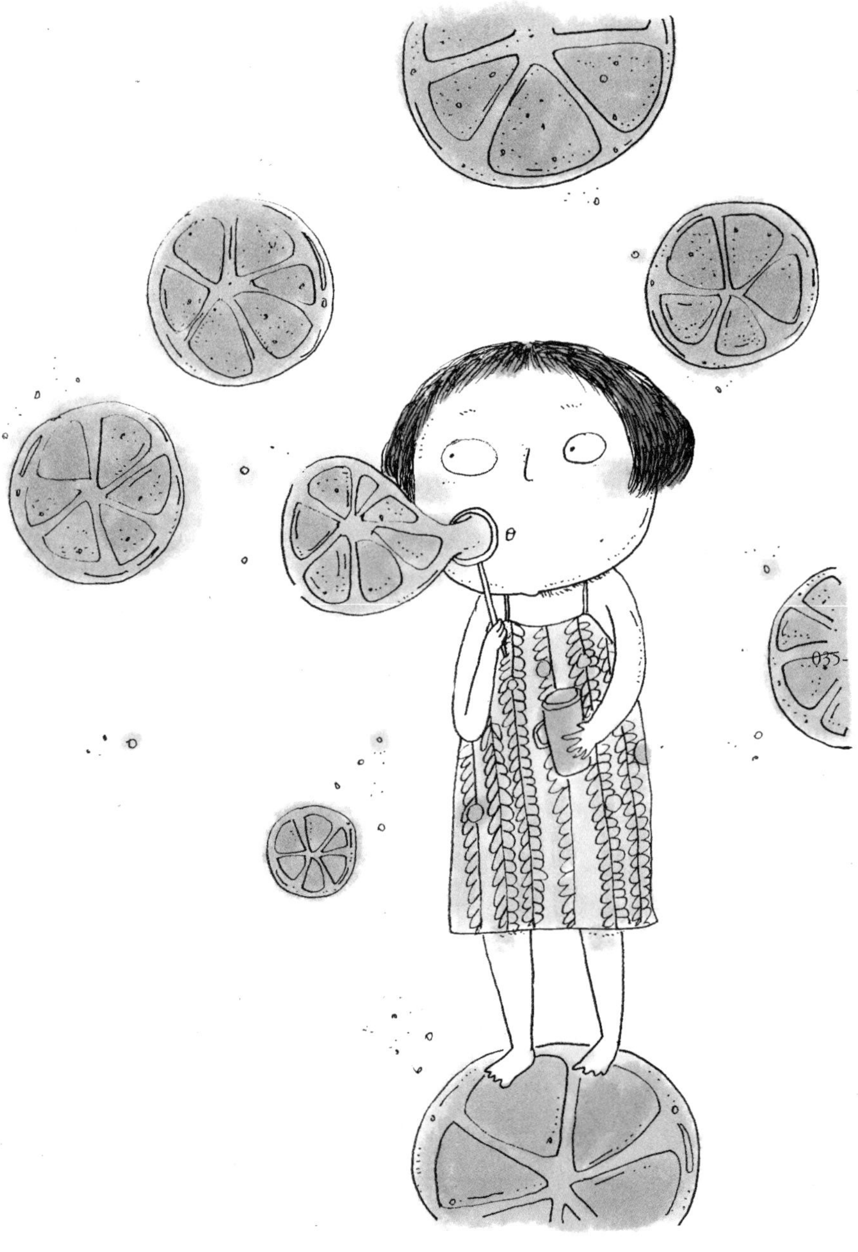

你不孤独，你还有爱

"我们每个人生在世界上都是孤独的。每个人都被囚禁在一座铁塔里，只能靠一些符号同别人传达自己的思想；而这些符号并没有共同的价值，因此它们的意义是模糊的、不确定的。我们非常可怜地想把自己心中的财富传达给别人，但是他们却没有接受这些财富的能力。因此我们只能孤独地行走，尽管身体互相依傍却并不在一起，既不了解别的人也不能为别人所了解。我们好像住在异国的人。对于这个国家的语言懂得非常少，纵然我们有各种美妙的、深奥的事情要说，却只能局限于会话手册上那几句陈腐、平庸的话。我们的脑子里充满了各种思想，而我们能说的只不过是像'园丁的祖母有一把伞在屋子里'这类的话。"

这段话节选自毛姆的《月亮和六便士》。这里是一种言说上的孤独，我们需要被理解，却常常不被理解，最后的结果往往停滞在讨论天气、菜价上，而不是对某些事物的看法或意见，我们已经开始讷于发表意见了。

柏拉图在《会饮篇》里有一个小故事，剧作家阿里斯托芬为宴会上的人们讲了一则奇妙的寓言：很久以前，我们都是"双体人"，有两个脑袋、四条胳膊、四条腿，由于人类的傲慢自大，众神之王宙斯把人劈成两半，于是人类不得不终其一生苦苦寻找另一半，但是被劈开的人太多了，找到"另一半"成了最难的事情之一，但是孤独的"半人"仍然苦苦寻找着。阿里斯托芬说这是爱的起源。我想说的是这样的孤独，在寻找爱的路上，苦闷心急痛苦的心情。

我的周围充满了各种各样的人，大家看上去明媚美好，光洁得像是刚摘下来的去皮的荔枝。但我知道内里都有各自的孤独存在，或者得不到关注，或者没人关心，或者无法被人理解，或者找不到爱……我们思考各种孤独的时候，可能总觉得：呀，为什么只有我是这样的？为什么别人看起来都很好？亲爱的，那是看起来。我们每个人都孤独，并且生来孤独。

其实这样想想，世界上成千上万的人都是如此，我又何必执拗在自己的这份情绪上呢？所以我经常劝慰自己，很多人都这样，我应该利用这份孤独的时间来寻求些有益的事物。然后开始发现生活的美好所在。

有人曾说听我说话常常会跟着跑到回忆里，觉得我总说些有种淡淡忧郁的情绪的事情。我自己不自觉地就将某些情绪代入到节目中，我觉得一些淡淡的忧郁，恰是自己孤独的体现，也是很多听我节目的人的孤独。我乐意去分享回忆，是因为回忆常常让我觉得我是被爱的，我并不孤独。回忆滋养着现在的我，让我更珍惜今天，珍惜我周围还存在的人，珍惜我能付出的每一分感情，珍惜我的劳动。

阿里斯托芬觉得"半人"的状态是爱的起源，我很喜欢这个浪漫的说法。在艰难寻找的路上我们总是在寻找同类。我们爱那些跟我们有共同嗜好的人，比如你爱看书，对方也爱看书，你们静静地待在家里，冬天温暖的暖气环绕着你们，时不时交流看书的心得，这样的同类很安心；比如你们都爱音乐，会交谈科特·柯本、鲍勃·迪伦、枪炮玫瑰、山羊皮乐队，窝在一起什么都不干，只是听听音乐就觉得已经获得了交流；比如你们都爱看电影，讨论库布里克、伍迪·艾伦、希区柯克，精神的交流得到极大满足，你想下次约他去看新的电影。这些同类的存在，让我们忽略了孤独，在俗世生活里找到一处静谧的桃花源。我碰到这样的人的时候，常常感到世界的美好，还有另一个很妙的人来跟我分享他的世界，我还叽歪什么孤独。

常觉得我们好像把很多情感配比给了爱情，得不到心爱之人的爱很痛苦，跟心爱之人分开很痛苦，找不到心爱的人很痛苦，看到别人相爱自己落单很痛苦，各种节日过成了情人节很痛苦，其实不过都是爱而不得。但我们多少会忽略亲情，忽略友情。

关系密切的K先生问我给父母买过什么东西，我突然有些哑然，因为比较起来，我给他们的好像远远少于他们给我的。自大学在外漂泊开始，我能跟家人相处的机会实在不多。我记得大二那次海南冒险游，我躺在旅馆的大床上开始打量自己，思考自己哪里像母亲，哪里像父亲，我今年几岁，父母几岁，想着想着莫名其妙地就哭了起来。突然顿悟了一件事情，天下的父母都会衰老死亡。不要觉得认清这件事情很容易，当你终于能接受的时候，就该知道有多难受。所以，我们要在为数不多的时间里尽力去爱家人。

朋友间的爱很奇怪，明明没有任何关系，仅仅是因为相遇，发现某些地方契合，就彼此紧靠在一起，人间取暖。然后做彼此的情绪回收站、低潮时的倾诉对象、购物时的意见给予者，存在在彼此的生活里。失恋的时候觉得友情大过天，热恋的时候又会忽略朋友。但朋友神奇就神奇在，我们不需要时常想起，因为从没忘记过。我跟大学的俩姑娘建立了深厚的革命友情，在彼此的大学记忆里占据着绝对不可抹去的地位，发生的很多故事基本都有彼此的痕迹，关键是大学四年，我们三个姑娘神奇地一直单身着，虽然大家条件都不差。我们留给彼此很多时间来相爱，夏天的夜晚喜欢去逛街，聊班里的事情、社团的事情，走累了就去校门口的小超市买啤酒喝。我们坐在校道上,也不管来往人群,就聊些有的没的。这是记忆里关于我们三个人不会忘记的画面,你看,我又跑到记忆里去找曾经相爱的感觉了。

所以你看,其实我们都不孤独,都是这样被各种爱包围着,一路走过来,带着新的旧的回忆。在记忆深处的一个角落,似乎停滞了时间,明天不会来,因为美好的过去填满我的心。但人不能靠着记忆活,所以我们还是起身继续寻找爱吧。别担心,你不孤独,你还有爱。

备胎手记

> 我知道你不会记得我，所以你要快乐着。
> 我知道你不会记得我，所以我会执着着。
> 我知道你不会思念我，所以我会慢慢的。
> 我知道你不会明白我，所以你要好好的。
>
> ——陈旭东《东隅》

作为一个"备胎"，这个世界上最孤独的族群，享有最高级别的孤独。热脸贴冷屁股是常事，被对方回复一个"嗯"就开心得蹦起三丈高是常事，时不时觉得"要温暖对方好难啊"是常事……太多常事不胜枚举。这份不平等的感情拿起来很累，放下去又不甘心。有人说，痛了就会放手，偏偏很多"备胎"，要在积攒了足够多失望，最后成为绝望，才会放手。

但我又何尝不是这样呢？

高一时候,我第一眼看到他,就在自己心里把他种下了。私底下给他取名字是树,感觉他在心里生根发芽的样子很像树。第一次近距离接触到他,是他帮我的哥们儿解围,觉得"树真是个讲义气的男生"。开始像积累邮票一样,积攒树的点滴消息。骑着自行车跟在他后面,知道他家在什么地方,偷偷计算我们距离的远近。走过他身边的时候,试探着猜测他的身高,嗯,一米七八,啊我好矮啊。周围的朋友也帮我搜集他的信息。现在想来自己真像个小偷,窥探、计算、推测,可是当时每知道一点,心里的某个念头就壮大一点。

高二时候,他头回在教室楼道叫住我,递给我一袋零食,让我交给我的好朋友。他还是不知道我喜欢他,但我还是很开心,可以帮他追他喜欢的人,虽然那个人是我的好朋友。我头回撞到他在少有人走的楼梯间吻一个漂亮的女生,羞愧地赶紧从他身边走掉。心里是坍陷的,但是不能言说。

高三时候,我们在手机短信里交流学习经验,比对着

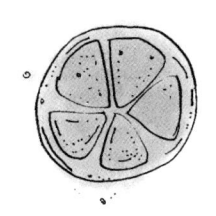

每次各自的排名，说着考试的事情。我们会竞争着学习，到夜里三点，谁顶不住困意就发短讯给对方说："要睡了，你也睡吧。"此时我们已经变成很好的朋友，但是他不知道我喜欢他。我在圣诞节亲手给两个苹果做了精美包装，一个给他，一个给男朋友。他也回赠了一个亲手包装的苹果，挺丑的，我却看了很久。

大一时候，和男朋友分手了，树陪着我度过一段很难熬的时光。当然我也陪着他度过一段难熬的时光，他那时刚刚出国，身边并无亲友。我们仍然没有在一起，但是我们关怀彼此。大学的好朋友从来没有见过他，但是已经从我嘴里听说了他的全部事迹，很多人都认识他，他像个未谋面的熟人一样存在。

大二时候，他计划去香港，预定在大二结束的那个暑假。于是我开始没命兼职赚钱，跑各种机构办手续。临近那个时间，他说不去了，最近学习有点忙。我说好，丝毫不提兼职时淋的大雨，还有要工资时的可怜相。

大三时候，我们计划去山东，当我准备好了一切，又作罢。计划去上海，我着手做各种攻略，计划路线，订酒店，办各种细碎的事情，这次终于成功，只不过五天的行程里有两天他陪着韩国的同学转悠；剩下的三天，我倍感珍惜。

大四时候，各自忙碌，我仍充当那个钟无艳。

毕业工作一年，终于能放下了。树回到国内，我们撸串喝酒。我终于能轻松淡然地说起喜欢他很多年，但是现在放下了的话。我比想象中的自己淡漠，我曾幻想我可能会感慨涕零，没想到我像说第三个人的事情一样，诉说着往事。他也淡然笑着说，他早就知道。其实我也知道他早就知道这码事，他不提，我便了解了。

写到这里我突然发现，没能早早放下的理由，可能是我在这段历程里头也体会着恋爱的种种，这份心情于我而言，也是幸福的。台湾小说家陈雪说，爱不是保障，爱是两人基于自由意愿的交往，相爱时付出，尽力，到了必须分开那天，我们只需确认，自己已经尽了力，且没有违背自己的原则，没有为爱走样，扭曲自己，至于获得的，失去的，开心的，痛苦的，那都是爱的过程里必经的，是爱的风险。我们这些"备胎"不过是在爱里经历的风险要比别人多许多罢了。

也许，我们爱上的并不是真实的他。

也许，他只是寄托美好想象的载体。

也许，只是利用对方维持爱的想象。

于我们而言，会痛苦，会想要放弃，一本书里说："寂寞的少女心，爱上了爱情本身，胡乱找个对象加以发挥。"我们总不信，总要想起这个让我们难过的人。

随着自己内心走吧，体会失落难过悲哀的感受，也可以泪流，也可以买醉，也可以悲伤逆流成河。别觉得卑微，敢爱的人都勇敢。我们不过是将爱暂时寄托在了一个错的人身上。待我们把所有悲观的情绪都进行一遍，反复多次后，我们或许就能把那个人从心里清理出去了。

不拧巴啊，我们这些亲爱的"备胎"们，上天会让我们与我们相爱的人多攀爬几座山，才知道对方的珍贵。

像少年一样去爱,像成人一样克制

高中时候,我曾有过一个男朋友,是那种被父母发现我"早恋",扬言要打断我俩的腿,而我仍然坚持要和他在一起,并且坚信我俩能有结果的男朋友。当我南下去求学还不满一个学期,这个曾经说过"在南方等着我""将来毕业了我们就结婚"的男朋友居然劈腿了。我得知这个消息,立时哭肿了眼睛,急匆匆地想要飞回家,意欲挽留他,丝毫不考虑自己的生活费到底够不够支撑这个冲动。最后室友们狠狠地骂了我一顿,像是打了我一个耳光,让我止住了这个念头,硬生生挨到了寒假。

寒假回到家,我按捺住自己的情绪,骗父母说要去表妹家和表妹叙旧。那晚表妹家只有她一个人,我可以随时跑出去。当时他还在复读,最后一节晚自习要到晚上10点,才有机会打电话发短信。于是10点多的时候,我给他打电话说想跟他谈谈,他不同意。我说不行,你在××地方等着我,我很快就到。电话挂了没多久,我就披上衣服出了门,口袋里没有装钱,硬生生走了半个小时到约好的地方,所幸他在那里。

那个晚上天真冷啊,没走一会儿,就开始下雪,雪花覆盖了我的头顶,头发结成了冰柱,我就以这样不堪的样子与他见面。看到他,二话不说就扑到他怀里,希望他像过去一样,摸摸我的头,告诉我一切都是玩笑。结果他没有,面无表情地推开了我,埋怨我让他等了很久,他力气稍微大了一点,我差点就摔倒在地上。他冷冰冰地跟我说:"你怎么这样,都跟你说了分手就是分手,绝对没有挽回的可能,你还来干什么?"我瞬间就哭了起来,那冷风刮在脸上,还真像刀子一样。挣扎着又扑到他怀里,又被他推开;再扑再被推开……直到彼此都没有力气了,他也终于没耐心应付我,转身走了。

我没有追,就那么傻乎乎地原路返回,将近十一点半,天黑得叫人心寒。回到表妹家,整个人已经冻僵了,根本没有办法开口说话,把表妹心疼的。

直到现在,我与这个前男友已经很多年没有联系,而我也不再是那个为感情"肝脑涂地"的少女。

才明白,当时的行为只是为了感动自己。年少轻狂的时候,我们总是想要把自己满腔热忱都表现出来,而结果往往并没有入对方的眼眸。你认为刻骨铭心的记忆,跟对方说起来,对方却不一定有这样的感觉,甚至对这一段记忆根本不知情。

李碧华的散文集《青黛》里说过:"什么叫多余?夏天的棉袄,冬天的蒲扇,还有等我已经心凉后你的殷勤。"少年时代的爱恋,好比大夏天你翻越千山万水带去的一杯热奶茶,殷切地希望对方喝掉,对你而言,你跨越的千山万水是你的付出,但是对方根本就不需要这一杯热奶茶啊。你认为你是感动天感动地,一片赤诚日月可鉴,可对方呢,说不定觉得你就是千里迢迢来添堵。

在现在的成人世界里,大家都克制。克制自己的愤怒,克制自己的悲哀,克制自己的孤独。连喜欢都不敢明目张胆地表达,生怕表错情会错意,安全无风险度过自己的每一天。大家都很忙,忙着生,忙着死,忙着生不如死,忙着车贷房贷老婆孩子热炕头,忙着薪资职务无论如何要提升,无暇顾及旁人感受,更不会把别人的情绪变化放在心上。

成年的很重要一步就是懂得克制。再也不会像个冲动的少年一样,为了某件事情肝脑涂地、飞蛾扑火,终于能为自己保全了颜面,得以生还。

我虽然批驳了年少时的种种矫情,但我再也回不去那个勇敢的年纪。每天早上匆匆行走在人潮汹涌的北京,个个脚下生风,走向一座座大楼,面对你总觉得脑子有点欠缺的老板和过早步入更年期的女上司,然后做一堆无用的方案,混着那点微薄的工资。

说到底，没那个时间和精力再去玩那些矫情的把戏。

这个时候成年人的喜欢，更应该是一种相互的支持和陪伴以及包容。

年轻时候，总想要为了对方改变自己，变成他喜欢的人，而不是变成自己。不要命地扑向爱情的火把，直到把自己毁灭。年长一点的时候，才明白，爱是既保持两者的独立性，又能相互支撑和陪伴。

现在，还是要像少年一样勇敢，但是不再像少年一样冲动，而是像成年人一样理性。做自己就好，爱情的真谛在于相互的吸引、志趣相投的同行，而不是追逐和依附。

我想要死乞白赖再爱一次

25岁的年纪,卡在一个尴尬的地方。

按照传统观念,这个时候应该谈个对象,恋爱两年,然后结婚,婚后两年内生子,30岁前完成结婚生子的任务。

可是,世界太大了,现代社会价值观太多元了,是好事,偶尔或许也是坏事。

现在来说,在我的意识里,已经没有什么事是应该或是不应该的了。我爱喝酒,喜欢跟关系好的男生喝酒吹牛;我抽过几包烟,忍不了手指上所谓"淡淡的烟草味道",所以作罢;我喜欢文身,文过一次失败的,今年正想好好再弄一个;我听身体的,饿了就吃,想爱就不后悔……这在很多长辈眼里,都不算特别好的事情。

我们曾经以为应该做的事情,现在看来都不一定如此。比如我之前说的传统观念。

比如,那些应该和不应该的爱人。

我的朋友Y，是那种人缘很好的姑娘。她有很多朋友，每个朋友嘴里的她都很好。我们是高中相识，那时我一度觉得她是不是有点太左右逢源了。她有个男生朋友，在朋友的传说里，他俩从初中开始就非常亲密，朋友都说他们在一起，但他们从来没有在一起过。那个男生跟我另一个好朋友在一起了几年，又跟别人谈了几年，Y在大学里跟另一个男生交往，他们这期间甚少联系。变化是从今年过年开始的，两人恢复了朋友间的联系。彼时男生跟女朋友分手，Y还处在她的甜蜜恋爱中。

过完年，看Y在朋友圈发了一条状态，大意就是跟男朋友分手了。并不意外，他俩相处多年，时间越久，两个人的距离就越明显。没有第三者，没有背叛，就是因为不爱了，然后分手了。

隔几个月再问她，她说她恋爱了，但是不太敢告诉我。原来她和那个纠结了多年的男生在一起了，而男生曾经跟我另一个好朋友在一起。听了她的消息，我感觉特别开心，因为兜兜转转这么多年，他们还是在一起了。她说："我想要死乞白赖再爱一次。"

说实话，在这个说年轻又不算很年轻的年纪，敢于什么都不顾地再投入爱情中，是件困难的事情。这份困难不是时间的问题，是精力的问题。我们要将精力投入生活当中，为了活着奋斗，生活是美好的，但又不可否认其中的残酷，<u>丝</u>

毫容不得马虎。

而这个时候，恋爱一类的事情既重要又没那么重要。

对女孩子来说，爱情是生命里很重要的事情，再冷酷的女生，在爱情面前都得溃败成小喽啰；但生活又有太多方面需要去照顾，一直把眼睛放在爱情上，这不是什么明智之举。

我羡慕那种会为了爱而飞蛾扑火的人，大抵世上这些人最可爱吧。世上自是有情痴，此恨无关风和月。能燃烧的时候，还请尽情燃烧，免得以后老了回想起来，要后悔当初为什么没有稍微勇敢一些，如果稍微勇敢一些，人生也许会不一样呢。即使最后没有在一起，至少也疯狂过一把。每个人都该有一次脑袋发热的举动吧，就是那种周围人谁都劝不住的脑热。即使将来会被烧成灰烬，变冷变硬，那也至少曾经热过吧。

所以在变老以前，还是要死乞白赖活生生再爱一次吧。

旧情人的旧习惯

他习惯将废纸团个团才扔到垃圾桶；
他习惯每天早上喝一杯咖啡；
他习惯无论是洗澡还是吃饭都把音乐开到最大声；
他习惯将被子有拉链的一边放在脚的位置；
他习惯出门留一盏灯；
……

而有一天，你发现他身上所有的习惯像是灵魂附体般转移到你的身上，在他离开之后。你也习惯了早上喝咖啡，你也会在做饭的时候把音乐开到最大声，开心的时候还会跟着跳跳舞，你出门也会留着一盏灯……直到有一天，新的另一半问你为什么这么做的时候，你才突然发现旧情人的旧习惯早就不知不觉间融入你的生活。

而你发现的时候，你会怎么想？你想到的是你们两个人你侬我侬的过往，还是分别时的互相责备？是一方苦苦挣扎,另一方执意分开,还是两个人默契地各自转身?离开一段关系,当时我们不会察觉到的细节,等到事后回味,那些酸甜苦辣又像是反刍一样,细嚼慢咽,个中滋味大概只能自己体会。

也不知道是什么时候就沾染上对方的习惯,平常日子里每一天和每一天都很类似,每个人和每个人都有距离,为什么偏偏就沾染了他的习惯,又为什么这习惯怎么都去不掉。去不掉,大概是能把那个人留在自己身边的最后一丝希望,看哪,对方没离开呀,我们不是早就融为一体了吗?

小岩井的一篇文章《习惯与损伤》里举了这样的例子:有个女孩,因为前任喜欢看球赛,所以她经常在笔记本上记录好球赛直播的时间,设好闹钟,即使半夜很困也要陪着男友一起看。分开以后的某天深夜,提前设好的闹钟又准时响起,她迷迷糊糊间看了一下,习惯性地想叫身边人起床,等发觉身边早已无人,霎时把自己裹在被子里泪如雨下……

类似的例子还有很多。我的同事A,跟女朋友在一起两年,同居半年,同事经常加班,女朋友就会亮着一盏灯,趴在桌子上等他等到睡着,他只要看到那盏灯,就觉得心里暖暖的。但是终究人是没办法经常等待的,女朋友最终还是离开了他,搬离了那个家。有天晚上同样晚归回家,他心里还惯常地想着家里可能有人在等他,他要赶快走,走到楼下看到屋里黑黑的,才想起来他太习惯女朋友等他,女朋友却早就不等他了。

爱是会损耗的，再浓烈再火热的爱，总会有烧过的一天，最后望着一团灰烬，开始遗憾是什么时候开始有熄灭的迹象的。我们不断地叠加别人的习惯在自己身上，不断地去塑造一个新的自己，然后去面对新的人事物。旧情人的旧习惯总是会跳出来说，你看你失去了吧？你看你没完全失去吧？你看你现在放下了吗？你看你也没完全放下吧？

所以真想知道有没有一种方式是可以让爱久一点点的。或许每次爱得少一点，爱得轻一点，像挤牙膏一样，每次只挤一点点爱，会比较长久吧。

吃醋嘛，不过是想要一点点甜

你上次吃醋是什么时候？

你上次吃醋是因为什么原因？

你上次吃醋的对象是谁？

我上次吃醋是上周末。

因为我问了他一套测试题，其中一个是"你上次专门唱歌给人听是什么时候"，他说的时间，并不是和我在一起的时候。

就是很亲密很亲密的K。

写到这里的时候，我要先把这一段放下，说一下我高中时候的男朋友。鉴于恋爱经历太少，能说的也就这几个。高中男朋友非常善良，是个话少、乐于帮助别人的人。

有次我翻他手机，看到他和另一个女孩的对话，时间大概是和我说了"晚安"之后。我质问他为什么那么晚了还要和她发短信，他们明明没那么熟。他有点生气，因为我的语气,因为我的态度。

"作死"的恋爱中的人,总想要刨对方的根,最后扯断的其实是自己的。

我就是这样。

醋意上头,对女生来说,是比酒更烈的东西。我开始无理取闹,酸里酸气地编造些可能根本不存在的事情,比如幻想中的"男盗女娼"。他一生气,直接摔了手机,跑出教室。

最后事情以我大哭一场,他道歉解释而告终。

吃醋的女人是没有逻辑的,是不顾后果的,当时的愤当时就要发泄,当时的火当时就要点燃。田馥甄的一首歌《My Love》里唱道:"如果庆幸我值得拥有,请感谢我被放弃过。如果欣赏我坚强温柔,请感谢那珍贵伤口。"很符合我现在的状态。因为不想变得无理取闹,所以尽量不去多探求对方的secret zone(私密区),像个成年人一样谈恋爱。

但吃醋是我们管不住的。

K先生说:"你吃醋,不过是因为你想占有。"对啊,我是想占有你啊,我喜欢你,想要把你据为己有,这有什么不对?但更多的可能是,我虽然喜欢你,我更希望让你不因这份喜欢觉得困扰。

我们常说爱不容易,是因为爱容易变质。王小波的爱,是愿意看着对方远走高飞的;顾城的爱,是希望有个过程的；我们凡人的爱，是希望把世间美好都尝试一遍。

所以有时候吃醋不是因为别的什么原因，可能只是因为你不是跟我做这件事情。

说回K的事情。

放在那个爱伪装的我身上，我会说"没关系啊，你喜欢就好"；可是放在现在想要暴露真实脆弱的我身上，我吃醋就是在吃醋啊，并不是因为想要占有对方，而是真的很想跟对方尝试很多很美好的事情，因为这些事情背后的记忆，才是能保留一辈子的。

活在世界上，会和很多人发生各种各样的关系，精神上和肉体上。人和人之间其实很难接近，能成为亲密的关系，是上天赐予的巨大的荣幸。因为这么难得，更想要把对方融入生命里，更担心对方从生活里出走，也就更容易吃起醋来。

我所理解的吃醋，不是作，不是闹，只是告诉对方"我很在乎你"，或者希望对方表现出"我也在乎你"的态度。我吃我的醋，我酸我自己，最后这酸是变得更酸还是转化为甜，只是看对方愿不愿意给一点点甜。

毕竟，吃醋也是在还有爱意的时候，真的不吃醋，也是真的无爱了。

希望你等来的是自己需要的那辆公交车

"一个人跑了三天三夜,翻山越岭去见心爱的女孩,等他见到她的时候,发现她站在家门口望着路的尽头三天三夜。你说,谁付出得比较多呢?我觉得是女孩吧。因为希望这回事,当你在行动的时候,会越变越大,而在枯等的时候,会越变越小。"

同样的道理可以放到等公交车。

在等公交车的时候,你肯定和我一样,会探着脖子,眼睛不怎么转动地看着来往的车辆。前几分钟还好,这是等公交的正常情况,可是等着等着,你就开始心急了,想离开,又觉得等了那么久还是再坚持一下吧。想着周围的人是不是也在等同一辆啊?为什么他们不像自己一样急呢?心里越来越急,可是还得耐着性子等,因为急也没什么用。等到几乎绝望的时候,那辆需要的公交车才终于缓缓开过来。

好多事情都是这样,等爱情也是一样。

我很喜欢的一个台湾乐队"草东没有派对"有一首歌叫《等》,讲的就是我这个意思:"你在等的那部车呢,它会不会也抛锚了;你在等的那个人呢,他会不会也不来了。"我们在茫茫人海里,没有别的盼头,就是在等一个人出现,有时候这样的等待超过了睡美人、白雪公主和苦守寒窑十八年的王宝钏。

可是等这个事情啊,本来就是耗费精力和时间的。

天边月亮那么圆那么亮,我想去追,可是你告诉我再等等看,等月亮过来。等了十五天,月亮变成了弯弯的一道钩,我都要哭出来了,是你说要等,我等到的却是这样的结果。

很多事情是不能等的。

我很想文身,早就看中一家店,我喜欢他家的名字,想着等等吧,等哪天有空,等下定决心,或者等钱够了。我不断地观望,不断地踌躇,终于有一天,我内心膨胀的冲动告诉我,不要再等了。我冲向那家店,却发现那家店已经关门了。

还有很多事情,等来的也不是自己想要的。

我们总会觉得,那些谈了很多场恋爱,有很多个前任的人,是不是对感情太不认真,对自己太不负责。可是我们有没有想过,或许是因为他们碰到的那些跟他们在一起,发生联系的人,其实并不是适合他们的人。他们也是在茫茫人海中碰壁，寻找，再碰壁，再寻找，等来很多人，但都不是自己最想要的，他们也是很委屈的。所以下次如果你碰到一个你以为是"花心大萝卜"的人，还是需要判断一下的，他是真的花心，还是只是因为他有点"命运多舛"，碰到的都不是想要的。

我也是这样不太幸运的人呢，我喜欢的人不喜欢我，喜欢我的人我不喜欢，我们的想要都没有办法非常完美地搭配上，那我们能怪谁呢？我们只能怪自己没那么幸运，中五百万这种事情的难度看来还是小于遇见某个特别的人这件事。

希望你能很快等来公车，也希望那辆来的车就是你需要的，它刚刚好就停在你的面前，门一开，你就能有位置。

希望我们都能有这样的好运气。

敬我们那些无望的爱情

芸芸众生罢了。

如果说我们有什么管不住的，大概是自己的爱情吧。爱情实在是太美好的一件事物，以至于每个遇到它的人都沉迷得神魂颠倒。

世间又不会事事都顺遂，很多时候，人的难过就在于爱而不得。我称这些为"无望的爱情"，而且我想敬这世界所有无望的爱情。

我和我的朋友们，可以组成一个联盟，叫"失恋阵线联盟"。我大学时代暗恋一个学长，眼里容不得其他人，看到他的时候，眼睛里自动带上星光。那个人就是我希望的源泉啊，忍不住想要接近他，所以加了他各种通讯方式，三不五时地像个小粉丝一样去打招呼，叮嘱天气多变小心感冒，他也很有礼貌，从来不会让我觉得很难受。他做学生导师，教导大一新生的时候，就真的认认真真地等在太阳底下，看他们军训。我的室友觉得这是个促进我俩关系的好机会，于是我也在很多个大太阳下，陪着他，给他拿矿泉水，看他喝觉得很幸福，跟他开玩笑觉得很幸福。

有一天在学校的绿道上碰到他，我和好朋友在一起，他和另一个女生在一起，他看到我，冲我笑笑，就走了。我当时心碎得像撒了一整个天空的星星，我想，天啊，我又失恋了吧。回到宿舍，一直沉浸在悲伤的情绪里，他发来消息，说那个女生只是一个关系很好的朋友，叫我不要误会。你听到了吗？他叫我不要误会，他是喜欢我的吧。

我就带着这样的憧憬，一直沉浸在我自己一个人无望的爱情中，我们的关系并没有走近一分，唯一一次属于两个人的约会，以不知道讲什么结束。我始终没有告诉对方我喜欢他，因为我感受不到他对我的一点点情愫，从头到尾，我都在自己演戏给自己看。

他毕业的时候，朋友喊我一起去找他拍照，我站在他身边，局促地不知道怎么办才好，他用手揽我的肩膀，叫我看镜头，然后微笑。心里突然就释然了，对啊，看镜头，镜头里的我们还是微笑的。我并没有付出多一分的努力，自然他无法感知到。怪我，怪我。我早早就给自己下了定义，觉得这必是一场没什么希望的感情。

直到后来，我来到北京，他回到广东老家，我们多年未见，且未曾说过一句话。他突然发来了视频请求，说很想见见你。我们看着视频里的对方，没什么大的变化，都笑了。他在对面说我，为什么不对当时喜欢的人多表示一点点呢，也许他也在喜欢你也说不定啊。我突然就怔住了。现在的我，竟然很想让那时的我来和我道歉，是因为那个我这么懦弱，才让现在的我没什么大的起色。

是我兀自以为这是没有希望的。

爱情的可贵就在控制不住，我们会提前构思对方的各种方面，会想他以什么模样出现在身边，是瘦瘦高高斯斯文文，还是叼着牙签桀骜不驯？会以什么方式出现在身边，是在下雨的时候突然同撑一把伞，还是公交车上迎面撞个满怀？会带着什么心情出现在身边，是正处人生低谷，还是扬扬得意呢？但这些猜想，都在那个人出现的时候，变得无关紧要。他可能完全不是幻想中的模样，他跟你的相遇也并不浪漫，他甚至跟你的幻想大相径庭。但你就是爱上他了，见不到他会难过，见到了就会满心欢喜。

你爱上他的时候，也许他身边还有另一个人，但是爱是控制不住的，你管不住自己的，感情的水龙头可不需要交水费，它们就那么哗哗地流，冲刷你每个念头。

我的朋友中，曾经有人陷入这样一种无望的感情——是一种"后悔没能早一点遇到，才让你身边多了一个人"的感情。

她是个没怎么被爱情碰上的女生，虽然不乏男生追求，但无奈眼睛这东西，对不上就是对不上。他是个有女朋友的人，跟女朋友交往多年，甚至很可能会走进婚姻的殿堂。

他们的相识不过是人间极平常的方式，朋友的朋友，最后他们变成朋友，一来二去熟稔起来，时间久了，他们惊人地发现，爱上了彼此。但中间有道跨不过去的鸿沟，就是依旧存在的女朋友。她不想伤害另一个女人，身为旁观者的我心疼她的进退两难，即使反复劝诫她赶紧断了联系，赶紧走出这种本来就错误的关系。

可是我凭什么判断他们的爱情不是爱情，他们的关系就是错误呢？爱情明明就不可控的啊，心根本就是不拴缰绳的野马，谁能控制它跑到哪片草原呢？

从别人的身上观照自己的感情，我又何尝不是完全不听别人劝阻地陷入一场无望的爱情呢？

我极度的骄傲和自豪，极度的桀骜和放纵，都在那个人面前消失得彻彻底底。我在很多事情上都争取最大利益的自尊自爱，唯独在那个人面前，我愿意做一头永远沉睡无法苏醒的猪，我愿意他来宰割我，烹饪我，就像莫西子诗的歌里唱道："要死就一定要死在你手里。"我情愿啊，即使我知道我们全然没有走下去的可能，我愿意多睡一会儿，就当你是在看着我。

我爱着那个人的时候，我也是爱着那个状态下的自己。你不知道，我要跑着见一个人的时候，觉得自己少女极了；

我要买一件什么东西的时候，会设想他需要不需要，心里牵挂着别人的时候，觉得幸福极了；我看向他而他也看向我的时候，我觉得自己的一切都值了。

即使对方并没有多喜欢我，即使我们之间毫无希望。

网上看到一段评论，觉得说得好极了。"我觉得整个人都被驯服了，我笨拙，用尽所有的伶俐，我无比温顺，善于等待，坚守忠诚，我愿意赤身裸体站在你的原理上，愿意从此岸跋涉到彼岸，但只要你拒绝，我就停止。你不承认我是你的，但我也不是自己的了。"有一天，我可能

也会停止没有希望的等待，但那个时候一定是个更为真实面对自己的我。

其实，每个人出现在你的生命里，都只是陪你走一段路。他的出现一定有一个意义一个使命，等他的使命完成了，他可能会留在你的生命里，更可能的是他会渐渐走出你的生命。你叹惜两个人之间没有希望，但那又怎么了，你还不是好好的，你还不是存在过一些爱的时光，看到过那个温柔的自己吗？

我为什么要敬那些无望的感情？我难道不是应该恨的吗？

我应该要咒骂这不公平，咒骂为什么我爱的人都不爱我，咒骂为什么最后只留我一个人，咒骂为什么等来幸福的那个人永远不是我。

我应该这样吗？并不应该。

我应该感谢那些无望的感情，它让我看到原来我也有勇敢的一面，敢于追逐远得像月亮的人；我也有温柔的一面，想到那个人的时候会情不自禁地微笑；我也有美好的一面，想要走在那个人身边更加相称，那我就要美丽一些，再美丽一些。

我们之间没有希望，一开始我就知道的呀，从我爱上的那一刻，我就知道我控制不住结局的。但至少，这些无望的感情，让我看到不一样的我自己。

所以，我们也还是得有心情追下去，这个人没有希望，说不定下一个爱的人就是最大的希望，不要过早地下结论，那些什么"我注定是孤独一生的人"的观点，我们让它们通通见鬼好吗？我还是希望，一个人昂首挺胸向前走的时候，另一个人能在背后默默投射所有光芒，照亮前面不太明朗的路。暂时无望也没有关系，一辈子的时间那么长，我不信这里栽了跟头，还会栽第二个，如果真的栽了第二个，那就爬起来试试看嘛，万一第三个就对了呢。

所以，身处在无望关系里的我们，也不要太难过了，且让我们沉浸在这种情绪中多一会儿，以后的以后，这些无望消耗殆尽，是不是就只剩希望了呢？

敬那些无望的感情。

敬那些不回头的日子。

敬那个偏执的自己。

敬所有不可能。

第二章

像犀牛那般一个人走吧

我独自生活

24岁的时候，夏天会想要带一个西瓜回家。不喜欢吃其他水果，对水果不像其他女人一样热爱，不觉得吃了苹果能瘦得跟杆儿似的，也不觉得吃了木瓜我的C罩杯就能变成E。

买了西瓜会放到冰箱里。房子是合租的，一共四户，住了五个人，其中一户是小两口，老婆最近怀了小孩儿，能听到她经常上厕所，看来孩子压迫她的膀胱压迫得厉害。冰箱是四户共用，塞了不少菜、鸡蛋、酸奶，夏天有冰棍。怀孕的老婆常会做辣椒非常多的菜，呛得大家直咳嗽，可偏偏都会忍气吞声——也是，大家相安无事已经是最大的福分，不求多亲近，不闹大矛盾已经非常好了，做菜呛就呛吧。我很少用冰箱，在某人口中，我是跟生活保持距离的那种人，我想了想，还真是那么回事，不会在家里储存食物，也不会在床上放各种抱枕玩偶，吃菜挑拣，喜土豆鸡肉，不爱猪肉。

老妈发来了QQ信息，说很想念我，想跟我视频。我接受了视频,同时也打开了健身操的视频,期间聊不了几句,让她看着我在,她可能会比较心安,我也乐得边运动边让她知道我生活里暂时没有男人,有的是下班后的健身。

没承想轻轻松松就单身了五年。朋友圈这个人民团结的好地方,我的大学同学带着男朋友出去玩了,这下可好,一票朋友可就炸了锅了,"啊好幸福!""啊花式虐狗!""啊……"照片里男朋友不露正脸,据她所言,男朋友太丑了。而我的朋友圈永远想给人看我过得其实还不错,写东西,养花,各种约饭。不过,是个人都知道,朋友圈的背后是大大的失落,我们看着就好,不要拆穿。中国人需要善意的谎言。

上班的人是不会随意请假的,特别像我这种毕业没几年,大本事没长,小毛病不少的人。工资暂时就决定了生活,百分之四十要拿来租房子,吃饭比较少,无奈喜欢约朋友,自己又不是那种娇嗔的女生,不能容忍自己老让人家男生掏钱。想着十月份要去参加大学老朋友儿子的满月酒,机票是钱,吃饭是钱,还想顺便去拜访那些关系很好的女人们。妈呀,我明明不是浪漫地要约她们去大理或者干脆去趟日本吗?不是率真地想着"大不了老娘不干活了,出去玩半个月"吗?想起房子快续租了,又是五千以上,这些浪漫的幻想,就真的是幻想了。

晚上健身完,觉得该搞一套好一点的装备,逛着逛着网店,就买了一条裙子、一双布鞋和一件衬衫。半个月前刚去门店里"豪购"了一番,这几天就又觉得没衣服穿了。今年的书买得有点多啊,有限的能存放书的地方,真的是很有限啊。

我从冰箱里拿出西瓜,一个人吃嘛,就拿勺子挖,挖着挖着就想哭了。我想起认识的那些人——越来越疏远直到"友尽"的人;经常见还是觉得不够的人;穿越半个城市去见一面,每见一次都觉得是初相识的人;天天见但是希望不要老见的人;不觉得跟我很亲近,但是却对我说秘密的人;想了很多招也没有推倒的人……想着想着西瓜也吃完了。

最近天气太热,人有点上火,脸上长了很多罕见的痘痘,我该去睡觉了。可我知道,躺在床上,我必定会刷一遍手机里的应用,再换到iPad看会儿视频,睡不着了就跑阳台坐会儿。不知道对面有没有偷窥狂,我是不是该买件男生的衣服挂着,假装有男朋友呢?昨晚修空调的两个男人,一直忙乎到深夜十二点半,我一度把门开着,好在,万事平安。

只知道西瓜降价了几毛,不知道其他水果的价格,更不知道蔬菜的价格,还是有点蒙,对整个生活而言。

嗯,我独自生活。

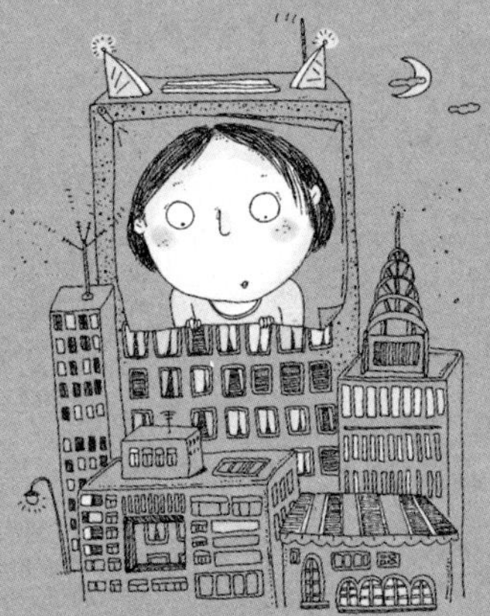

致世上另一个我

"谁不曾想过人生的其他可能,如果没有念现在的大学,如果选择其他的专业,如果现在从事着另外的一个行业,如果没有认识某一人,等等等等,不过,我也忽然意识到,其实在想这些的时候,我们已经被周围的环境给限制了,所以,认认真真做自己就好。"这段话来自萨拉·帕坎南《世上另一个我》。我没做调查,不负责任地说,估计每一个人都设想过另外一种生活,设想世界上有另一个自己,他过着跟我们现在截然不同的生活,他是更完美的自己。

世界上另一个自己,我就称为"你"吧。你应该过着跟我截然不同的生活。你可能没有坐在办公室里头,好的天气只能羡慕抬头可见的鸟儿。它们都能自在地飞,而我不能,你能。你可能跟鸟儿一样,想在上班时候出去春游秋游,就不管所谓规章制度,背着包,只管自己高兴,不管他人眼光,但凡能让自己开心的事都来一遍。春天去踏春,夏天在街边喝冰镇啤酒，秋天上山看银杏树叶，冬天干脆就窝在家里冬眠，看街上被大风刮得东倒西歪的树枝和跟跟跄跄险些跌倒的人群。你可能也没有多少钱，但是你比我省钱，工作两年多，你可能已经省下两台PRO的钱，但你并不会想要买电脑，这些钱你只想用来学个什么东西或者出去玩一次。要么你花钱捡起了遗失很久的画画技能；要么你花钱去了趟向往已久的日本，去奈良去北海道，去涩谷去京都府。各种情爱旅馆、温泉旅馆、居酒屋、烧鸟店、六本木夜店、花间小路艺伎、路边公共浴室、银座能剧、京都振袖和服变身、北海道牛奶冰激凌、札幌啤酒、冲绳美军、和牛火锅、怀石料理、通宵漫画吧，赶上看相扑或者樱花，还有还有，最后去金阁寺，全为了三岛由纪夫。圆梦而已，不为其他。

　　世界上另一个自己，你应该比我从容很多。面对生活里那些有的没的问题，你应该比我更懂得怎么应对吧。不会在工作中遇到困难就手足无措，不会默默地承受一些冤枉气，不会不知道拒绝，也不会碍于面子不指出所谓领导的问题。要是你的话，看见那么多愚蠢举动，早就热血沸腾，就差开锅的那种沸腾，直接浇醒那些不争气的周围人。你肯定是个心里特笃定的人，知道自己想要什么不想要什么，只有明确想要的和不想要的，面对外界的纷乱才能像一座山，任他风吹浪打，我自岿然不动。笃定地相信些什么东西，也能坚决地反对某些东西，喜欢就是喜欢，不喜欢就是不喜欢，不过好像也没有这样把万事切成两半的人,那你就做那种明确地相信着什么,不乱于心的人吧。

你应该喜欢做饭,而且还很乐于做各种小手工,不像我总是笨手笨脚的。我做手工完全不行,曾经少女心地想要给某个人打条围巾,结果拆拆打打来来回回能有十多次,才终于开了个头。当然手工差劲的我虽然打了很久,也还是完成了,毕竟毅力惊人。送给那个人的时候,看着他撇撇嘴默默地把围巾装进了袋子,在之后的日子也并没有在他脖子上看见过这条围巾,就觉得简直失败。做饭也是一样,一次给某人随意露了一手,他筷子夹起了我做的菜,正当我等着被夸奖真贤惠,做得真好吃的时候,他疑惑地问:"你菜里放了什么?"我说就只有盐和鸡精。他默默地吃下了这口菜,下一次再碰这盘菜的时候,是在别的菜都吃光了之后。我特没底气地问:"我做的菜怎么了?"他说:"太淡,怕你伤心才吃几口的,你别多想。"嗯,你一定不会是这样的,你做的菜肯定是天下一级棒,谁吃了都说好那种。

你应该高高瘦瘦的,长得漂亮。你应该是不缺喜欢你的人,你喜欢的人也不会不理你或者讨厌你。三五好友不算多,但是大家都很知心。半夜想喝酒的时候,不嫌麻烦的基本都会陪你;你吐槽的话,大家多多少少也会竖着耳朵听;当然你也会同样这么对他们。所以你们的友情应该是倍儿坚韧,情比金坚那种。

你在感情里应该不会喜欢拖泥带水，那些承受不了的情感，你多半会选择弃之不顾吧，阻碍你向前的人，你多数是甩开他往前走的吧。潇洒，利落，有时候会被人说是不是太冷血了，你说不是，只有这样才能让自己更好，因为感情里都是挥别错的，才能和对的相遇。你并没有辜负谁，你只不过是为了和对的相遇，早早选择了和错的告别。你肯定是那种情商高的人，虽然不至于让每个人都喜欢你，但至少每个人说起你来都还觉得不错。你是在众人之中可以肆意游走的精灵，每个人都喜欢你的到来，因为你无害，所以男孩会喜欢你的温柔，女孩会喜欢你的和善。不像我。

算了，其实不会存在这样的你，你不过是我的一种臆想，是我达不到的自己。不对，不是说永远达不到，是暂时达不到而已。你更像我的一个梦想，我梦想不是要存到多少钱，也不是要环游世界之类，我的物欲暂时还没有膨胀，我现在想要的就是一个更加美好的自己，像我想象中那样自在、从容、柔软，不像我现在带着壳，不像更早以前的我甚至还带着刺。既然设想没法实现，就像萨拉说的"认认真真地做自己"好了，能做个与众不同、独一无二的自己已经有点难了，如果能向想象中的自己靠近那么一点点，已经是很快乐的事情了。反正，向认真生活的自己说声加油吧！

我们其实没有明天

> 如果明天就要死了,你会因此改变现在的生活吗?那你现在的生活是打算活到几岁的活法?
>
> ——伊坂幸太郎《末日的愚者》

"一期一会"是日本茶道用语。意义是一生只有一次的缘分,在一定期限内对某事、某物、某人只有一次相遇、相见的机会,是一辈子只有一次的机遇。"一期一会"其实体现了佛教中的"无常"思想,提醒人们要珍惜每个瞬间的机缘,并为人生中可能仅有的一次相会,付出全部的心力;若因漫不经心轻忽了眼前所有,那会是比擦身而过更为深刻的遗憾。

我发现日本人可能会喜欢一些转瞬即逝的无常之物,比如凋零的樱花,比如夏末的蝉鸣,比如渺小的萤火虫。日本古典文学名著《源氏物语》里描写过一个和光源氏有过短暂缘分的姑娘夕颜，其实就是月光花的象征，傍晚开放凌晨凋落，也是一种易碎易逝的美好。大概在日本人心里是真的不在乎天长地久，只在乎曾经拥有。人和人、人和所有美的东西的联系都是一生一次的际遇，一开始就昭示了"无常"。

"哪里还找得到当时月亮，每一秒星光都在变幻，别说你的心还是那样，桑田和沧海该有多失望。"田馥甄在歌曲《无常》里唱尽了世间变幻。要说无常，没什么比生命更无常。生死是我们人类避不开的话题，我们猜了一生，思考了一生，也永远没有结论。有的人选择及时行乐，因为他们知道死是一定会来的事情，人还真就没打算活着回去，有时间快乐就快乐起来；有的人选择严肃认真地过日子，因为他们感觉死既然是一定会来的事情，要在活着的时候认真活着，让每一个瞬间都能有意义。哪种都没错，只要第二天醒来人还在，我们就该庆幸还有机会。

我为什么突然提起"无常""生死"这些听起来很严肃的事情，其实是因为近来发生的一连串看似与我无关，却时时令我感怀的事情。大学毕业一年多来，其实很少和学校里的老师联系，大学的师生关系又不像高中、初中那种如父母子女的感觉，更像是落在流水上的碎花，你要是有意就有意，你要是无情也无妨。一毕业其实就有一种抛弃一座城市的感觉，那座城市里有我的大学，那座大学里有我的老师，我的老师、我的大学、我所待过的城市会随着时间变化，会湮没我所有存在过的痕迹，老师不会记得我，大学不会记得我，城市我再没去过。我以为感情就这么断了。周日的晚上正准备睡觉，翻了翻朋友圈，看见一个同学洋洋洒洒几百字，沉痛悼念了某一个人，瞬间一惊，这个人不是别人，是我们共同的一位老师，教现代文学史，很年轻，很有才华，至今未婚。我和同学询问起详情，知道老师是得乳腺癌病逝的，然后开始唏嘘，我们才不过毕业了一年，从此跟老师阴阳相隔。我一下子被拉回到大学时光，同学们纷纷传说老师怎么博学怎么率真个性。印象最深的就是老师永远急匆匆地赶到教室，顶着大大的黑眼圈，一声声道歉说自己身体抱恙，当时只当是玩笑，没想到有一天会变成真相。世事无常。

这位老师没有结婚，我不敢猜测是老师自己的选择还是没碰到对的人，我妄自觉得应该是来不及，来不及完成俗世里人家说的"一件大事"。我们从来没有碰见过永恒的东西，世上最永恒的东西大概就是变化。谁也不知道明天会怎样，谁也不知道三十岁四十岁会怎样，可谁都知道冬天的夜来得特别早。

我之前一直在想，为什么我们明明才二十多岁的人要担心这个担心那个，害怕那个害怕这个的。我自己也常常把自己逼到死角，担心我喜欢的人不喜欢我怎么办，担心工作不喜欢万一我辞职会不会饿死，担心灰头土脸回家父母会不会责备。担心来担心去，这份情绪就挥之不去，而事情也没一件可以解决。周遭的事物一直在变化,自己还在原地踏步,看到别人走起来跑起来,自己就急得直跺脚,却怎么也踏不出一步。

  当我看过那么多死生后,我慢慢地开始明白,我一直都没活明白,一生既然只有一次,我又何必让自己委屈那么多。寻找合适的衣服,寻找合适的生活步调,珍惜我现在所有的,抛弃我现在不想要的,看见月亮就开心一会儿,如果有星星会开心得更久。我们不是只有现在吗?我们其实没有什么明天。所谓的明天都很无常,充满变数,紧盯着"现在"就已经很多人做不到了,何必要去顾虑还没来的事情,并且是必须经过现在才能改变的还没来的事情。明天的事情,后天就知道了。知乎上的人们说感觉走不下去怎么办?那就多走一步试试看。

像犀牛那般一个人走吧

犀牛是犀科，是最大的奇蹄目动物，也是体型仅次于大象的陆地动物。所有犀牛基本上都是身体强壮、体肥笨拙。我最喜欢它头部的独角或双角，有的雌性可能无角——不知道独角兽的独角和犀牛的独角有没有关系。犀牛多数生存在开阔的草地、稀树草原、灌木林或沼泽地，多独居，个体之间很少接触。

我没有生存在开阔的草地，我每天都身处钢铁森林中，从这片森林到那片森林，路上景色别无二致，没有遇到过长在溪边的草地。身处在火热的世界里，我总觉得我该像犀牛那般向前走。

犀牛的外在坚硬，像是披着一层铠甲，但谁都知道它内里的器官也是棉花糖般的柔软。人不也一样？有几个夜晚是在思考事情而不得的情况下入睡的，又有几个早晨是在惶恐中醒来的？惶恐大概是因为年轻的缘故，总有种"前不着村后不着店""身世浮沉雨打萍"的幻觉。也大概是因为年轻,早上对着镜子打气的自己,像只充满气的气球,到了晚上便开始泄气,开始怀疑自己白天的正能量是虚幻的吗?白天的坚强是认真的吗?那种外在的虚幻的坚强,带着一层生人勿近的硬壳,到了夜晚开始一层一层脱下来,柔软的自己跑出来。外在坚硬,内在柔弱,人和犀牛的通病。

廖一梅有本书叫《像我这样笨拙地生活》,内容早就扔到了外太空,这个题目却老是有事没事蹦到我的脑袋里。开阔的草原可能住着狮子、鬣狗,住着各种各样危险的动物,但犀牛因身体肥胖而变得笨拙,它的生活是慢吞吞的,它们知道自己生活的意义吗?也许知道,也许不知道。我们也不知道我们的生活意义,但我们早就投身在生活的热浪里。周遭万物好像都以光速向前飞,地铁上的人是匆忙的,公车上的人是匆忙的,打电话的人是匆忙的,工作的人是匆忙的,连上学的人都不知道从什么时候开始变得很匆忙。而我或者你,我们似乎有点笨,慢吞吞地走,阳光明媚的少年时代并不能保留太长时间,而我们都跟生活碰撞得有点剧烈。其他人可能比我们更快地实现所谓人生理想吧,我们也肯定有过不忿、怨怼,也罢,既然是上天赐予的笨拙个性,何苦硬要学着聪明,不如且笨拙且老实地生活好了。

你知道吗,犀牛是一种视觉虚弱,但嗅觉灵敏的动物。人在爱情里有时候也像这样呢。有过这么一种说法,爱是有着物理属性的,爱的过程,实际上是一种气味上的吸引,与荷尔蒙相关,每个人有自己的气味,爱一个人,是迷恋他散发出的独特气味,爱是因气味,因这种最原始、最纯粹的东西。但我们看见更多人强化视觉,弱化嗅觉,气味的小雷达被关闭了。因爱寻找恋人越来越难,所以强化了视觉吗?可能这样是简便快捷的办法。但我这样的笨人,大概还是更喜欢另一个人的味道,要足够吸引,头发的香味、手指的香味、衣服的香味,都不应该是掺了酒精的香水味道,当你发现你特别特别想靠近一个人的时候,想闻一闻他衣服的味道时,你可能已经被他吸引了。陷入爱情的犀牛,带着一种先天的莽撞,莽撞地爱上了一个人呢。

深秋的时候,城市开始下雨,一个人生活就要好好照顾自己,对你说也对我自己说。犀牛不是喜欢群居的动物,你说它们一个一个的独立个体是怎么应对寒冷的冬天的?是靠着本来的坚硬的外在吗?它们是不是也渴望温暖的拥抱?这些都不得而知。而我知道的是,我们中的绝大部分,仍然一个人生活着,单枪匹马面对生活抛来的各种彩蛋。

还是廖一梅,她创作的戏剧《恋爱的犀牛》里,有这些台词:没有父母,没有朋友,没有家,没有事业,没有人需要我。我的人生是零,是空落落的一片。你可以花钱买很多女人同你睡觉,同很多萍水相逢的女人上床,但你还是孤单一人,谁也不会紧紧地拥抱你,你的身体还是与他人无关。

我们好多人都说"我热爱一个人的生活,一个人的时候多自在美好啊",大家都在共同撒一个谎,撒谎的人多了就当成了真相。人有时候像犀牛,人又不完全是犀牛。独居毕竟不是独处,我们这些平凡的人类其实还是需要一个怀抱的吧,这怀抱可能带着欲望也可能没有,我不期望一切热烈,我期盼一切温暖。独居犀牛也许可以自制温暖,独居的我们却不一定做得到。所以我们一个人的时候,也会有想要跑到人群里的时候,也会有想要获得一个人拥抱的时候吧。

  我可能带着一点偏执,偏执地想象自己是人群里的犀牛,缓慢笨拙地生活着,坚硬又柔软地糅合着,想要闭上眼睛依靠嗅觉寻找爱,即使独居也想要紧紧拥抱一个人。

  像犀牛那般一个人走吧,或许我走着走着,能穿越森林找到草原,也能逗逗小花小草,最终还能陪伴另一个人,一起度过寒冷的冬天。

087-

一人食

平生觉得，吃饭是最不能忍受孤独的一件事情。

首次意识到这个问题是在大学时期。当我害怕在陌生环境的不安感觉时，第一步就是伪装自己，把自己装扮得酷酷的，似乎百毒不侵，活像个刺猬，把浑身的刺都朝向别人，只留软软的肚皮给自己。当然很多时候都是死要面子活受罪，特别是吃饭的时候。刚到大学，为了伪装自己，特意一个人去食堂吃饭，然后才体会到饭这玩意儿不能一个人吃，因为会吃出寂寞。别人都是三五成群，你去打饭我占座，只有我一个人，去打饭就没有座位，旁边的座位只要一空出来，就会被问"有人吗？我可以坐吗？"然后周围就会被占领。他们在吃饭，在嬉笑在打闹，自己始终是一个人静静地吃完一碗粥或者一块饼。周围的陌生人想聊一些私密的话题，会因为看到我在而噤声，知道吗，这是最讨厌的地方。

后来，我就极少一个人吃饭。

跟室友一起吃饭，再也不担心回来的时候座位被别人占领；也不担心看到别人嬉笑怒骂，其中没有自己。饭桌绝对是各种八卦和暧昧情愫的培养基，我们在饭桌上培养感情，经历别人和自己的人生，难看的吃相只能留给信任的人来看，这一点我一直坚信。

除了室友，后来我还多了三四个铁哥们儿，有男有女，我们跟连体的一样，看见一个肯定会看见剩下的几个。铁打的哥们儿情谊也来自吃饭，临下课，果敢的男生从后门蹿出，先别人一步占据最好的位置，等着我们后来者大摇大摆地坐上去。这样的情谊久了，大家从一起吃饭，延伸到一起上课下课，一起去后山篮球场轮滑，一起去学校情人湖散步，一起租电动车走绿道……一起做的事情多了，更多的情愫就产生了，其中A女和B男好像有点暧昧，但B男又是个有女朋友的人，这样的感情素来不被我看好，所以我携带着另一个哥们儿稍稍远离了他们。

我携带着的这个哥们儿成了我大学不可抹去的一笔。在我考研心情最低落和沮丧的时候，我这哥们儿陪着我度过最孤独的吃饭时间，让我的悲伤和难过有处安放，让我觉得自己没被放弃。我曾担心，我离开这个哥们儿，独自一人北归会怎样？我曾以为我会悲伤得要死掉，事实上我只在火车上哭泣了两天，便能继续清爽地上路了。

人啊总是健忘的动物，以为自己失去什么会难过到死掉，结果没死掉，但是心里总会缺那么一小块儿，缺来缺去的也就离麻木不远了。

后来，我到了北京，经历了很长一段没有朋友的日子。实习下班回家，我就坐在狭小的隔断间里，望着窗户外面开始发呆。我想看看书，可是没心情；我想跟人说话，可是开不了口。我最担心的一件事终于来了，那就是一人食——一个人吃饭。我享受过深夜在小店里买份凉皮再要瓶北冰洋的夏日至尊套餐，也享受过生日时给自己买份菜买瓶啤酒就当这个生日过了的感受。平安夜是孤独的，圣诞节是孤独的，端午节是孤独的，中秋节是孤独的。一个人吃饭的时候，是我最讨厌的孤独时光，而我还必须适应它。

工作后我以为，人情淡薄，难交挚友，那些工作上的伙伴仅供工作时发什么资料传什么信件说几句话就好。没想到，我还适当地交了几个能说点心里话的朋友。我们会在夏日的傍晚撸串喝酒到深夜，打着满足的饱嗝；我们也会在团队建设时喝得醉醺醺的，吐在别人身上，第二天被对方哂笑；我们会在某人的送别会上，同样喝多了抱头痛哭……我以为这样的日子能持续很久，我能在吃饭的时候，抬头看见熟悉的人给我舒心的笑脸，我能在这样的美梦里长久地不用醒过来。

可是，就像歌词里说的，"相聚离开都有时候"，不是不会来，是时间还没到。到了那个点儿，那个人也该走了，我也该变成一个人吃饭,可能后来会有人替代他,但是感觉一定不会一样。

所以人老是在"孤独——对抗孤独——再次孤独——再对抗孤独"中无限循环下去,能一起吃饭的人也是来了又走,走了又来。

我总会想到一个场景,一个奔跑的女孩——你可以把她想象成红发的罗拉,她一直跑一直跑,起初很轻盈,看见的风景很美。然后一个人加入了她的队列,他们不断适应,终于习惯,女孩绽放了笑容,觉得人生真是快乐。可是很快那个人到时间该走了,他只能挥别女孩,女孩黯然神伤,但是必须接着跑,慢慢地终于适应那个人不在了的现实,她也能稍微轻松些。又有一个人加入了,带给她不一样的喜悦心情,他们再次重蹈覆辙。最后女孩还是一个人跑,带着各种心里的包袱。我一直觉得那个女孩就是我,我遇到很多人,也失去很多人,我想把很多人留在身边,却发现很无力。最后我只能一个人带着两个人的心情继续跑,不知道该跑多远。

现在很多时候都深陷一个人的图圄,困住就是走不出去。一个人吃饭也终于习惯了,一个人可以自拍,一个人可以旅行,一个人可以喝啤酒,一个人可以做很多事,偏偏一个人不能做到分道扬镳。

所以,还能一起吃饭就快点珍惜。陪我吃过饭的人们,无论过多久我都会爱你们。

我们都以为梦想实现轻而易举

年纪尚浅，抱着出生自母胎的尖锐，在这个世界上虚晃了二十多年。看着身边的同学、朋友，匆匆坐上了时光飞车，迅速迈入了麻木世界，一个个好像真的是朝着所谓成功的彼岸不假思索地走着。也是，毕竟他们有些人的月薪高过我不知道多少。

我们曾以为要实现梦想轻而易举，不就是坚持，不就是努力吗？我们没爹拼，我们还有年轻的身体啊；我们没钱拼，我们还有坚强不屈的意志啊。可是真的是这样吗？

持续不断地写东西，每天坚持两千字以上，李晓红这样做已经坚持了五年，本子堆起来能绕地球一周——当然这一句是夸张的修辞手法，总之能比她高就对了。李晓红做梦都想当个作家，是那种在咖啡厅写稿子，被各个出版社催稿，恃才傲物，俯视整个世界的女作家。然而现实是，她在某网站发了一篇文章，过了很久，发现点击阅读数仅为23，评论数0，推荐数0。李晓红默默地告诉自己：没关系，我再写一些东西出来，一定会一鸣惊人，成为真正的写作者。于是她又默默地开始构思开始写，直到夜里周围灯都亮了又灭。

小毛又扛着重重的琴盒回来了，那琴盒真重啊！远远地就能听到琴盒摩擦地面的沉重闷响——小毛并不高，提着琴盒的时候难免会碰到地面。他重新又背到背上。他渴望能考进北京迷笛音乐学校学习电吉他。玩吉他的时间已经不短了，从初中一年级，然后是高中，到大学。从大学退学，漂泊在北京，等待着考进音乐学校的机会。同时他还不得不赚钱，因为家里人不同意他退学学音乐这件事，更不同意他从遥远的广东到陌生的北京来闯荡，前途渺茫不说，还举目无亲。小毛还是义无反顾地来了。这不，今天又兼职到很晚呢，不知道他考迷笛考得怎样。

踏上二楼的楼梯，总是无声。听说这家的孩子痴迷插画，每日把自己关在房间里，一声不响地画画。听说这家孩子的梦想就是做个插画家，出绘本。当然这样的坚持还是有结果的，各种大小比赛都能斩获些奖励，唯一不足的好像总是差些机运，属于"万年老二"的那种。

你说，他们该不该坚持呢？

付出和收获总是不能成正比，有时候付出了万分，汗水不知道湿透了多少件衣服，埋头苦干不知道多久，最后可能都没有收获，一分一毫都没有。

那我们就不要坚持,不要努力了?

凭什么不要坚持不要努力呢?不过是现在还没看到结果而已,不过是质变的时间还没到。你减肥,希望从160斤减到120斤,当你坚持努力了一个月,终于减了5斤后,你还要不要坚持呢?废话,当然啊,不过是速度稍微慢了点,坚持一定会有所改变的。李晓红现在还没写出个名

堂,她可能永远都写不出名堂,那她还要不要坚持呢?废话,那么长时间都坚持下来了,还差这一点点吗?哪怕真的写不出名堂,只怪老天爷没赏你这口饭吃,就当写作是爱好也未尝不可。听说小毛没考上迷笛,你猜他怎么着?他阴差阳错地认识了一个北京当地不错的音乐制作人,愿意让他加入他的公司,从事专业的音乐制作,他现在编曲每首歌都在3000元以上,物质条件变好是一个改变,关键是他正从事着他梦想的与音乐相关的工作,这不是成功的一个表现吗?二楼那个孩子终于摆脱了"万年老二"的帽子,在一次比赛里取得第一名,听说他画了一部书,讲了一个动人的故事,有出版社正联系他要帮他出版呢,那天在楼下碰见他,好像整个人都轻快了许多。

难以想象,为梦想付出多少才够,命运何时才会有转机,实现梦想怎样可以变得轻松一些。这些都不可知,可知的是做着自己喜欢的事情是一件非常妙的事情,你愿意为它付出,你愿意为它失去,你愿意为它做看起来挺平常的无用功。说白了,都是因为你要做你想成为的那种人。

一篇文章里说,对自己负责,是很辛苦的一件事啊。你会常常发现自己的不足和生活的不足,你要去改变这一切时,就要去努力去争取去奋斗。通往更好的生活的那条路,真的要比不思进取、得过且过难走太多。同样是夜晚,你可以吃着薯片追剧度过,也可以啃着参考教材度过;同样是工作,别人觉得做到八十分就够了,你却想做到一百二十分;同样是恋爱,有人觉得条件相当能过下去就可以了,你非要共同语言内心相通。因为你想要得到的都是好东西,就是会比较辛苦啊。

趁着还年轻,趁着还有辛苦追逐的机会,趁着还有些生命力,抓住一切跟梦想有关的力量,去追它吧。它的得到虽没那么轻而易举,但当你得到它,你一定会感谢现在坚持和努力的自己。

加油!对你说也对自己说。

你喜欢自己吗

"真希望我能变成他梦中人的样子,变成他喜欢的样子,这样他是不是就会变得喜欢我了呢?"我想这大概是很多人都想过的问题。对方喜欢长头发,但是自己是短发,那就耗费些时日把头发留长好了;对方喜欢纤细身材,但是自己是小胖子,那就逼迫自己少吃东西多运动,争取瘦到他想要的样子;对方喜欢有艺术气息的,自己偏偏不怎么通晓,那就开始研习音乐、美术、电影等艺术。

可是当自己真的好像很接近对方梦中情人的样子时,突然发现一件严重的事情:我自己在哪里?追逐爱的过程,也是寻找自己的过程。有时候把自己活成了对方喜欢的样子,但是那样真的是你吗?真实的你真的是那样的吗?

几年前,每每谈到自己,都会出现这样的句子:"我渐渐成长为自己讨厌的样子""希望我将来不会变成我厌恶的样子""我最终还是变成了自己讨厌的人的样子"……我们追逐别人的过程中，爱得很用力，放到自己身上，却变成"我不喜欢现在的自己"。

很喜欢蔡康永说话的方式，即使是在批判，也似乎是软软地将针扎在心里。他在ins上会发"康永给残酷社会的善意短信"，有一句话我存了下来，那句话是这么说的："从我有记忆以来，我就总是对自己不满，有时还非常嫌弃。我以后还是会这样，只是，我总算学会了跟自己说'没关系'。"天哪，怎么会有人说出我想说的话！怎么会有人跟我有类似的想法！

对的，其实我从来都不算是很喜欢自己的人。我不喜欢我的单眼皮，总觉得那些双眼皮的姑娘，眼睛才是会说话的，我的眼睛像个说话磕磕绊绊的人，没办法特别传神；我不喜欢我的身高，很多人都说娇小的个子很让男生有保护欲望，算了吧，那是说给娇小且身材好的女生吧；我不喜欢我的某些性格，有些方面很固执，自认为有个性，其实就是不想跟别人一样；我对自己有诸多的不包容，这种不包容超过了我对别人的包容。

记得之前微博上有一个话题，好像是"如果你变成自己的另一半，你会喜欢自己吗？"开玩笑，我怎么可能让我的另一半像我一样呢？像我这样拖延、懒散、患得患失、多疑多虑的人，我怎么会喜欢呢？我心里有很多阴暗的地方，会嫉妒那些工作上比我强的人，会讨厌那些看起来生活轻松的人，会想要搞垮那些比我强大的人。如果要我和这样的人谈恋爱，我可能根本就不会开始吧。

微博上看到另一句话说得很好：谁不是在做自己呢？懒惰的、刻薄的、患得患失的、胆小怕事的、总是碍于情面的、偶尔自大经常自卑的，都是你自己，不是别人。对呀，我们再怎么觉得自己不堪，都是我自己啊。我再怎么羡慕嫉妒别人，最想成为的还是我自己啊。

我们都不是带着自己的意愿来到这个世界上的，但来到这个世界后，我们便成了一个个的独立个体，是我们自己创造了我们自己。每一天用食物来喂饱的胃是自己的，每一天用来思考未来的大脑是自己的，想要涂好看颜色的指甲是自己的，奔跑流汗想要塑造的身体是自己的。我们拥有一个完整的自己，我们干吗老要为难自己某一块没那么尽善尽美的地方呢？

所以要学会喜欢自己呀。

喜欢那个细腻敏感的自己。正是因为细腻，会更爱四季的变化，感知周遭事物的能力会够强，就可以拥有那种仅仅因为看到天空蓝蓝的或者布满星星就开心半天的能力。

喜欢那个善良真诚的自己。如此，才会拥有一堆打不散骂不离的死忠朋友，会心疼在寒风里摆摊卖小吃的老人们，希望自己买一份，他们可以早点回家。

喜欢那个率直天真的自己。喜欢谁就靠近谁，不喜欢谁就远离谁，开心了就在街上蹦蹦跳跳，没那么开心，那就堵一会儿气没关系的。

  我觉得长大最好的一点就是学会跟自己和解，接受自己的无能，接受自己的有限，接受自己没办法改变世界的现实，接受了这些后，对自己似乎宽容了很多，喜欢自己的成分也就更多。喜欢17岁的自己，也喜欢25岁的自己，喜欢幼稚的自己，也喜欢偶尔成熟的自己，喜欢每一个自己。

  所以，想问问你们，你喜欢自己吗？

睡不着的夜晚

睡不着的夜晚和太早醒来的清晨一样令人慌张。睡不着的时候，当你看向沉睡的城市时，你会开始担心那些熟睡中的人究竟是不是理解睡不着的人的苦楚，因为这个人群可能正在思考自己生平经历，从初恋开始，到第二次恋爱，再到最近一次失恋。"孤独和发烧一样，在夜晚最盛。"（杜鲁门·卡波特）黑夜实在是一个人的情绪放大镜，快乐、悲伤都会以百倍千倍的程度得到放大。我不得不说，有时候的夜晚和有时候的清晨是令我害怕的。

睡不着的时候，我很想找一个烧烤摊，点几串烧烤，要一瓶啤酒，也没人打扰，孤坐到天亮，脑袋里什么都不要想。但这样的想法显然难以实现，周遭环境还是太危险，"夜不闭户""路不拾遗"不过是古人的童话。所以我特别羡慕日本电视剧《深夜食堂》里生活的人们，他们在深夜的时候有个去处。加班晚了，回家后也是一个人，不如去深夜食堂，至少有一堆人排解忧虑；夜里睡不着的时候，就去深夜食堂小酌一杯，有了困意就回去睡觉。我觉得特别棒，人生的一大梦想，找到一个有深夜食堂的地方居住，或者过几年自己有积蓄了开一间。这样浪漫的想法，姑且先保存在脑袋里，以后会发生什么，我也说不定。

或者，下楼跑步去，让身体极度疲惫，也许比较睡得着；可是也极有可能让脑子疯狂地转起来，然后更加睡不着。特别是跑到那些似曾相识的地方，回忆如同跑出笼子的猛兽，原来以为忘记的，居然都还记得。记忆的细枝末节好像能变成一张网，缠住现在的自己。

还有一种可能性便是，睡不着的夜晚会想跑到厨房煮一碗荷包蛋方便面，加水，开火，煮鸡蛋，下面，煮好了便捞上来。这样做的前提是有一间厨房，厨房里有冰箱，冰箱里有鸡蛋。所以这样的事情也不是你想做就能做的，比如大学时住宿舍没有厨房，比如之前同陌生人合租从不在冰箱储存食物，又比如煮的荷包蛋没有熟。我是与生活保持距离的人，之前我不喜欢厨房，从不想结婚，对食物挑剔。今年突然觉得厨房温暖，土耳其女作家爱诗乐·沛克在《忧伤的时候，到厨房去》里说："厨房是母亲的乳房、恋人的双手、宇宙的中心。"能有这样的感受，厨房怎能不是个温暖的地方。睡不着的夜晚，偷跑到厨房里倒冰凉的可乐来喝，觉得自己简直快乐得像神仙，白天的那些忧伤统统不见了。

其实之前有很长一段时间，我无法睡着的时候，干脆就不睡了，喝杯咖啡，看看书或者写写东西，这个时候，脑子里的细胞像是得到了指令，异常活跃。终于能理解为什么艺术家很多都要在晚上才能工作，这个时候确实有如神助。或者为了要睡着，在睡前我会喝很多酒，最后昏昏沉沉地睡去，虽然这样可以睡着，但是身体却每况愈下，内分泌严重失调，虚胖，没精神，人完全是一株缺水的花，应该能想到那个垂头丧气的自己吧，实在是难看极了。

在诸多个睡不着的夜晚，也有刻意为之的"睡不着"。之前住的房子很大很棒，有个大大的阳台，我可以端坐在阳台上，认真地发呆。月亮有时候会亮到照得我的房间一片白光，突然觉得"晒月光"这件事情并非不可实现的事情，只是很少人遇到罢了；也有雷声轰鸣，搅得睡不着的时候，也干脆坐在阳台上，看闪电长什么样。曾经有一个人陪着我一起看闪电，我们隔着手机屏幕，互相慰藉还没睡着的两个灵魂，那种感觉很美好，像是世间最隐秘的秘密都找到了另一个人分享。

脑海中的橡皮擦和月光宝盒

我很怀疑我们人类的脑袋里是不是都藏了一块橡皮擦，它会把我们的记忆一点点地擦除，最后只有寥寥几笔残存下来。我们的生活中会失去很多人，记忆可能是我们与他们的唯一牵连，我们没法抹去记忆里某些特定地点的特定事件，也无法抹去记忆里所深埋的情感。既然失去的人已经不存在在我们的现实生活当中，那我们仅凭记忆单方面地挽留一个人，也算是深情而无奈的选择。

那么遗忘呢？如果我们开始遗忘，如果我们脑海里的橡皮擦开始发挥作用，怎么办？

就像我们似乎越长大越忘记如何与人相爱，越容易忘记梦想怎么开始，越容易忘记深情如何辜负。如果你忘记了你的姓名、你的家、你的过去、你曾经经历的感情、你辜负的和辜负你的人，你变成一个崭新的人，你会变得更开心还是忧郁呢？你会怎么办？

你会去寻回吗，包括痛苦的回忆？比如你赋予深情的那个人，他对你的好意置之不理，他对你的态度就像对待餐厅里的侍应生，礼貌而有距离。或者那个人干脆对你采取"三不"原则，不主动、不拒绝，亦不负责，他会笑意盈盈地迎接你的怀抱，他不拒绝你的任何合理请求，但他也不负责接管你在他那里获得的所有失落。这些记忆即使是在遗忘的情况下，还是会偶尔痛的吧，这是平淡生活里拔不掉的刺。

忘记所爱之人是痛苦的吧，有时候我会突然发现我记不起爱过的人的脸，印象里是模糊的画面，这是十分奇怪的。按道理说，心心念念的那个人应该是会牢牢记住的，可我偏偏没有。这样的遗忘使得我热爱记录。忘记对方的脸，就去看拍过的照片；忘记对方的声音，就去听录下来的只字片语。而经历不会忘记，时间、地点都是密码，对上了就能记起来。

假使我们都有月光宝盒，可以在遗忘的时候，选择回到停留的片刻，你又想停在哪里呢？认真地想一想，纵使再贫瘠的人生，也会有很多美好的记忆留存在脑海里，这些记忆是我们生而为人的意义，我们领略过真实的困苦，但更为重要的是，我们也经历过真实的幸福的瞬间。一天若能留下一个难忘片刻，一天就没虚度。人们发明节日，不过是为了让我们增添些记忆的刻度。将时间分割，在某个特别的时刻撞见幸福，一天都会发光。醒来要深呼吸，八点亲吻爱人出门，三点喝杯热茶，傍晚偶遇的小猫跟着你回了家，三年后小猫逃走，你会回想起很多关于它的记忆。如果有月光宝盒，这些记忆里的美好瞬间，我多想重新经历一次又一次。

　　人生嘛，真是一条有去无回的路，记忆的美好发着光，照着我们向前走。纵然我们脑海里的橡皮擦，会在时间里发挥它巨大的作用，纵然我们根本就没有月光宝盒，别慌张，莫回头，带着残存的记忆走吧。

如何薄情地活在世界上

如何尽可能简洁而避免麻烦地活在世上，是我思考很久的问题。

思考很久仍然得不到任何答案。

生活有太多难题需要去解决，和人，和事情，和环境，总有许多扯不明的关联，有时候想断绝，有时候又发现还有许多像头发丝一样纤细的联系存在。

我羡慕那种在关系里能潇洒转身，不带走一片云彩的人，有时候看起来未免太无情，但对双方好的方式似乎都是要薄情一些，彼此才能好得快一些。

不知道怎么的，渐渐就长成那种拖泥带水的性格，特别在面对感情的时候。阿澜·卢在《我是个年轻人，我心情不太好》里说："我还不知道世界万物之间的联系，或者一切最终是不是都会好起来。但我相信有些事情是有意让我相信灵魂在游戏和玩耍的过程中得到了净化。我还相信爱。"这本书就像我一样,不明所以地不开心,如果找到理由的话还可以对症下药,很多事情都找不到理由,于是就开心不起来。

后来我想,我的不开心可能是因为我太深情的缘故吧。

因为深情,所以舍不得很多事情。门上挂着的毛巾,已经三个月了,该扔了,但是它擦过我伤心时流下的泪水,它的花样是我好不容易挑的;衣柜里的那件衣服已经被我闲置很久了,我基本不会有再穿上它的机会,但是它曾经陪我去见我喜欢的人,被对方称赞了漂亮。

世间万物,总有理由让你舍不得扔掉,所以我一直被自己的深情困扰。

我这种适合暗恋的人啊,曾经喜欢过一个男孩子,时间不短,八年。

他说要一起去香港,我便开始攒盘缠,办签证。攒盘缠的时候正是大二,没多余的方式赚钱,就跑去外面做兼职家教,周二、周四晚上辅导高三,周六、周日晚上辅导小学三年级。一周只有三个晚上可以叫朋友出来喝喝奶茶侃侃大山,但是内心还是充实而快乐,因为怀着一个目标。

有一次去做家教,回来的路上下起大雨,广东的大雨很急,像个毛躁的大男孩,不给人喘息的机会。那天我穿了一条抹胸长裙,出门前捯饬了一番,幻想自己就是穿着衣服的维密天使,结果一场大雨把我打回原形。坐在雾气氤氲的公交车里，我发了人生的第一条朋友圈，我说："为了生计，即使是下成这样的大雨也要奋力奔跑。"内心想的却是：为了你。

后来我们还是没能去成香港，你说转机很麻烦，要搞定很多证件方面的东西很麻烦。而我只是走在学校路上，默默看你发给我的这些字，然后吞下所有委屈。

"你现在的生活也许不是你想要的，但绝对是你自找的。"这句话可以解决99%的疑问。是的，包括我所有不成功的爱恋。

之后类似的事情，又发生了几次，发生多了也就麻木了，本来的期待慢慢磨成没期待，这样一来，心里的负担也就变得比之前轻巧一些。

直到终于发现不会再为之起任何波澜，那些感动自己的行为，连自己都觉得很可笑的时候，我知道我终于还是放过自己了。和他吃饭聊起这件事的时候，我刚咽下一口啤酒，趁着微微的酒意，我说："我喜欢过你的，你知道吗？"他说："我知道。"我再喝一口啤酒，然后告诉他："嗯，知道就好。"这件事情，还好你也知道，那我就不是白费。

离开饭桌，走在路上的时候，他递给我一包烟，问我是不是抽烟的。我从里面抽出来一支，不熟练地点烟，吞吐烟雾，呛到了也忍着。看吧，其实他连我真实的20%都不太知道呢。

我们还是很好的朋友，彼此生活里的好哥们儿。他有了困难，我可以帮到的还是不遗余力地帮忙。我的其他朋友都觉得他不算特别好的那种朋友，担心我又受什么委屈。其实，我怎么可能不帮，毕竟是曾经喜欢过的人，我做不到对对方不管不顾，怎么忍心在对方需要我的时候，伸出手又推开他呢？

我认识的一个同事，最近离开北京回厦门。有一次聊天，不知道怎么就聊起"薄情"的话题。她说她一直都活得很薄情，所以能很开心，因为世间万物没什么是自己的牵绊，所以就更会无忧无虑。她讲了很多事情，我越听越羡慕，为什么我做不成这样的人，如果可以的话，我80%的问题都可以解决了吧。

我的朋友里有不少人可以理性地分析自己的感情——我说的理性，不是那种在结婚前计算对方有没有房子车子，计算对方工资几何；而是能探测出感情的好坏，及时止损。我做不到及时止损，所以我总是将自己置于一种自作自受的委屈里头。

不敢养宠物，特别是狗。高中时候，家里的博美生了四只小狗，就在我午睡的时候，大狗跑到我的单人床下生了四只粉嫩粉嫩的小家伙。一个月以后，四只小肉团就长得狗模狗样了，我放学后总会抽时间逗逗它们，给它们每一只起名字，喊它们一起玩。又过了一个月，我最喜欢的小弟弟越来越虚弱，直到死去。它死去以后，又死了一只。那几天我陷入深深的难过当中，郁郁寡欢。最后活着的两只，爸爸拿去送了人。那时我就发誓，我不要养宠物，我接受不了它们变老生病，然后死在我面前。

我始终还是一个很脆弱，莫名深情的人。我讨厌电视剧剧终，因为我害怕夜里睡不着的时候，脑袋里会响起剧里的歌，随之而来的就是剧里的情节；我讨厌跟人吃散伙饭，大家说未来还可以再相见的时候，我就知道我们可能再也不见了。

所以我想要活得薄情一点。

如果我活得薄情一些，我不会看着小狗死去而伤心太久。

如果我活得薄情一些，我不会因为有人离开就难过到不行。

如果我活得薄情一些，我不会留恋已经过去的事情。

……

如果我活得薄情一些，我的生活可能会容易许多吧。

但我发现，我终究还是做不到的。总被深情所累，一遍遍体尝人情，一遍遍失望，一遍遍再拾起希望。就像永远在寻找爱的小女孩一样，碰得头破血流，也要去找到某个人。今敏的《千年女优》里说："再怎么说，我真正爱的是追逐他的过程。"我好像也是如此。

那些我喜欢过的男生女生,那些我走不出来的回忆过往,那些我扔不掉的旧物,我实在是爱着拥有你们的过程。也许有一天我会像在大学时候,跑到屋顶上烧掉我关于某个人的全部日记一样,我也会把这些不留痕迹地抛弃掉,也还是感叹自己不遗憾地深情过。

如果薄情地活在世界上,我还是得不到答案。

但我还是想要稍微不那么深情地试试看。

让所有孤独得到抚慰

十月底的时候，天气变凉的速度基本赶超了火箭，我以及我周边的人和事用一种我想也想不到的速度变化着。我经历了本命年第二次巨大的"失去"。那个时候，工作不顺利，遭遇瓶颈期，厌倦中午趴在桌子上午休之后，抬眼尽是睡眼惺忪的同事；厌倦每天外卖菜式就那么几样；厌倦工作过分闲散，自己像是不断发射信号的雷达，而不是不断吸收的海绵；厌倦地铁下车时总是像陀螺一样被人群推搡着转来转去。工作不景气也就算了，人际交往上也偏偏像个弃儿一样，生出一种深深的被抛弃的感觉。

那个时候觉得，可能不会有比现在更差劲的情况了吧，既然自己是什么都没有的人，还怕失去什么呢？每天就这么暗示自己，那个颓丧的自己好像真的开始接受颓丧的现实，而那个积极上进的自己又告诉自己，既然认清了现状，那就破釜沉舟般的去改变吧。

好像真是存在"时来运转"一说，经历了那一段不长不短的颓废时光，好像好事情都找上门了。

十一月我换了新的工作，搞定了人际交往中的问题，在新工作里忙着适应，忙着找到自己的位置和工作的节奏，终于让我忽略掉了让自己不那么乐观的问题，可是也仅仅是忽略，不是解决。我发现人有一种本能的逃避心理，说难听点叫缩头乌龟。在《新知》杂志里看到一篇文章，里面有一段话是这么说的："在所有生灵中，人类可能是唯一一种自觉自愿欺骗自己大脑的物种。对动物来说，为了在险恶的生存游戏中求生，必须竭尽所能应对外界的真实压力，摆脱令人烦恼的幻想和渴望。但人类不同。我们一方面渴望真实（出于生存的需求），另一方面又渴望从中逃离。人在地球上的一生，实在被设置了太多的限制，你只被赋予一个身体、一种性别、一个种族、一个现实以及一小段的时间。所以，无论酒精、故事、魔法、艺术、摩天大楼、购物大厦、郊区、迪士尼主题乐园以及虚拟现实，归根结底都是我们作为一个有限的人逃避自然与社会强加的种种限制与不确定性的努力。"我们努力为之改变的，究竟是什么，其实我们也不甚了解，所以很多人浑浑噩噩，包括我在内。

人是挺孤独的一个物种，白天的时候其实是醒着做梦，到了夜晚才是梦中清醒的时刻。所以到了晚上，我们开始回忆某个失去的物件，失去的朋友，失去的恋人，然后再暗自嗟叹，如果那个时候更加珍惜一点就好了。但是人又是不由自主犯错误的生物，比如我明明知道做什么事情会伤害某些人，我不想这么做，可是在那个情境下，不知不觉就变成伤害别人的人。每个人都渴望被爱，渴望被拥抱，希望在人群里找到安全感，可以走在哪里都不害怕，但是不是每个人都有这样的好运气。

想要实现这些好大的愿望的时候，首先是要认清自己是谁，从哪里来，要到什么地方，这样才能在自己要拥抱世界的时候，不会忘记自己是谁。说到拥抱，有一次我跟朋友约了前同事到他家吃饭，我们已经有快半年没见，虽然一直都在微信里聊天，但是见面和使用社交软件是不一样的。当我们下地铁，他等在外面，看到我们的时候，冲过来一人给了一个拥抱。我很少收到来自朋友的拥抱，我是个怕矫情的人，结果心里结结实实被这个举动暖了一下，那么下次再见到他的话，我要给他一个大大的拥抱。当时觉得，好像很多孤独，只要一个拥抱都可以抚慰得了。

我其实经常觉得自己脆弱渺小，不堪一击，我甚至不知道别人会不会喜欢我这样的人，虽然我一直自诩根本不在乎别人的喜欢，但说白了，不过是嘴硬，谁不希望自己做个别人会喜欢的人呢？很奇怪的，我一度怀疑自己何德何能，收获一批打不走骂不离的朋友。我的一个师妹回复我说："觉得跟你在一起，好像被太阳照着似的。"所以即使是这么脆弱渺小的自己,在别人眼里说不定就是一颗太阳吧。那么有一点点光亮也是要献出来才对的呀。

不过,不是谁都永远付出的,虽然一开始没渴望对方能回报什么,但如果付出时间太久,却得不到一丁点回报,关系会发生不对等,毕竟一直往外倒的情感,总有一天会枯竭。像一块橡皮,擦着擦着就没有了。

很多人都孤独,我们把这些情绪说出来,不过是想找个方法来适应这些孤独,找个办法来抚慰自己。陈绮贞说,她要把歌曲献给那些用潇洒来隐藏内心脆弱的长不大的孩子。可能我做节目、写东西也是隐隐约约希望抚慰像我这样表面潇洒内心孤独脆弱的人吧。世界上的孤独不会全都被我抚慰,我只要抚慰那么一点点,就够了。

生活是个浑蛋，但我仍热爱

弗兰克·加利格是个浑蛋。

从没见过一个这样的父亲，装残疾骗社会保险，利用自己的子女骗钱，勾引邻居女人，想方设法寄居在别人家，从没有过清醒的时候，对子女从来不照顾。

看过《无耻之徒》的小伙伴都是这样的感受。

这是一部颇为暗黑的美剧，从没见过什么人，生活能糟糕成这样。

这里面的生活，只能用"乌烟瘴气"来形容。

而我们的生活，看似金玉其外，其实败絮其中。跟这些没什么底线的电视剧里的人相比，也并没有好到哪里去。

弗兰克得知癌症儿童可以有福利领取后，欺骗自己最小的孩子卡尔，说他得了癌症，给他剃了光头，让他像真的即将去世一样去玩，而他的儿子也当真了，每一个明天都像最后一天。第三季的时候，弗兰克因为酗酒，身体已经出现严重问题。卡尔深夜跑到医院，帮熟睡的弗兰克剃头发，惊醒后弗兰克问怎么回事，卡尔说："帮你剃了头发，紫外线可以照到你，这样你的病才能好。"

整部剧里，这样残酷的温情比比皆是。

人们真的是到了最后一步才想起来要珍惜？或者说人们真的是已经习惯生活的残酷了？

我很小的时候，就不太相信所谓"明天会更好"之类的话。世界会变好吗？不会。世界会变差，所以此刻是最好的，所以要珍惜此刻，所以要学会活在当下。

可是很抱歉，因为担忧未来的世界，所以总是没办法活在当下。为此，我得像当下的生活道个歉，对不起，慢待你了。

我家从来不太平，打架吵架随时发生，一个不对劲就可能分家，随时生活在支离破碎的边缘。我跟很多人说我是散养的，其实是因为大人们只顾着斗争，跟对方斗争，跟生活斗争，无暇顾及我，我在物质条件能保证的情况下，孤零零地长大。

所以小时候最大的课题可能就是，我怎么在外面多待一会儿。

《这个杀手不太冷》里，玛蒂尔达问里奥，生活总是这么辛苦，还是只有童年如此？里奥说总是如此。我深以为然。我现在也常常问自己："为什么老觉得生活很艰难？我

怎么就混到这一步了?"

总也得不到答案,或许根本就没什么答案,但生活总还得过吧。

"即使对生活并没有太大好感,也想要好好把生活过好。即使生活是个浑蛋,也想要和它好好在一起啊。"

抱着这样的观念,一步一步地走到现在。

对糟糕生活的矛盾热爱,就像对一个浑蛋般的情人。

你知道他会让你流泪到天亮,你知道他不会常常关照你,你知道他很可能打个耳光并不会再给个甜枣,你知道他的温情真的是很偶尔,你知道你可能会因此伤心很久,你知道你可能会慢慢形容枯槁……

可你也知道,你真的是无法放弃。

无法放弃糟糕生活里的点点光亮。公车上扶过我的陌生人,大学里觉得能相处很久的朋友,我用心爱着的人,晴天时候的蓝天，能听到的好音乐，还有可以放纵的身体……

就是怀着这样矛盾的心理，我们一步步走到今天，很可能还要再走到不知道有没有的明天。生活即使是个浑蛋，我们还是得怀着热爱的心情来生活，不然就真的会越过越差。

所以，答应我，让我们好好过好今天，明天的忧愁就交给明天那个你好了。

好好生活。

第三章

我就是个没有故事的女同学

小心，你的少女心

14岁的时候，我们根本不管是刮风还是下雨，是晴朗还是阴天，躲在某个角落只为看看某一个特别的人，那些小心思直到现在都觉得新鲜。很多个过去的日子就是这么闪闪发光，或许因为他一句不经意的招呼，或许因为他一个不留神的注视，都让那颗年轻的心脏扑通扑通多跳了几下。我在日记里写过某个特别的人，我在存车库里搜寻过他的自行车，我在课上盯着他发呆，我可能还给他买过5毛钱的辣条，当时疑惑的，现在都明白了，我那时都是少女心泛滥。

24岁的时候，我早忘了14岁的很多事情，但那份少女心却好像一直没有变化。所以我仍然会小跑着冲向我喜欢的人，为的是和他多度过哪怕一分钟的时间；我仍然会在夜里想他想得睡不着，一遍一遍翻看聊天记录；我仍然会不管烈日还是狂风，跟对方聊着喜欢的食物，偷偷跑去买了以后，在他家楼下装作不经意地发消息给他说："下楼，给你个好东西。"没什么所求，只是觉得喜欢一个人，不管年龄几何，仍然会有一颗少女心。

不过我最近有点烦少女心，我开始担心它或许是幼稚的代名词，在旁人眼里，做出来的事情是傻事，自己就是笨蛋，就是吃力不讨好，就是热脸贴冷屁股。所以我也终于开始以所谓成年人的标准来评判自己的心了吗？我不得而知。

最近杂七杂八的事情都纠缠在一起，我变成了一个大水缸，看它们扔进来，看它们出不去。脑袋里每天都在打架，小黑人和小白人谁也不服谁，他们一会儿这个占了上风，要坚强要勇敢，一会儿那个占了上风，会逃避会拖拉。我觉得自己在现实里受到了伤害，居然下意识地选择了像只鸵鸟一样躲起来，不去采取措施，害怕面对结果，甚至觉得提起勇气说话都很费劲。我突然发现我其实在逼我骨子里的小女孩成长，我在逼迫她一点一点地丧失少女心。

少女心的我开始发现，生活是极其扯淡的事情，我们每个人在人海中浮沉，觉得累了就上岸喘口气，觉得还可以就继续游几圈，觉得受不了就沉入海底，溺死自己。总有人觉得生活还能继续，也总有人觉得生活本该结束。我们虽然曾经相信生活啊未来啊会变好的，我们都会越来越好的，可现实总想恶狠狠地扇你几巴掌，告诉你说："太天真了，我布置的陷阱还多着呢，少年慢慢享用吧！"于是我们越来越接受一些说法，比如人生不如意十之八九、好死不如赖活着……为什么会慢慢接受一些听起来不那么积极的观念呢？大概是因为生活这个暴君，用各种酷刑来告诉你这些。但是这个时候少女心就受不了了，我本该相信明天是灿烂的，睡一觉什么烦恼都没有了，加油我是最棒的；这些想法却慢慢被很多事情打击，世人都说我太天真，我就会变得阴郁。就像一个喜欢阳光灿烂的人突然遭遇了连绵的阴雨，心里也一定和天气一样是湿答答的。

少女心的我一向都很相信爱啊自由啊这些词儿。就像廖一梅写的，"我是说'爱'！那感觉是从哪来的？从心脏、肝脾、血管，哪一处内脏那里来的？也许那一天月亮靠近了地球，太阳直射北回归线，季风送来海洋的湿气使你皮肤湿润，蒙古形成的低气压让你心跳加快，或者只是来自你心里的渴望，月经周期带来的骚动，他房间里刚换的灯泡，他刚吃的橙子留在手指上的清香，他忘了刮的胡子刺痛了你的脸……这一切作用下神经末梢麻酥酥的感觉，就是所说的爱情……"我相信这些都是爱，是很深很深，深到每个细节的爱。但同时这个爱也是刺痛自己最大的理由，"有了爱，可以帮助你战胜生命中的种种虚妄，以最长的触角伸向世界，伸向你自己不曾发现的内部，开启所有平时麻木的感官，超越积年累月的倦怠，剥掉一层层世俗的老茧，把自己最柔软的部分暴露在外。因为太柔软了，痛触必然会随之而来，但没有了与世界，与人最直接的感受，我们活着是为了什么？"（廖一梅）当我感受到这些话里深刻的含义时，有种痛觉提醒我，我敏感脆弱的少女心感受到了。

所以我才特别想告诉我自己，要小心自己的少女心，要为自己的少女心留一小片地方，因为这是我们还能感受到痛楚的地方，如果连这最后一小片地方都被攻占的话，我们就变成了不疼不痒无爱无欲的大人——虽然不至于不仁，但是开始麻木的大人。而有了这片能感受到痛楚的地方，我们才能体会到自己的不同，体会到某个热烈的夏天某个人带来的心动，也体会到失去某样东西的痛苦，而这些也让我们区别于麻木的大人。

就让我们心里那个小女孩或者小男孩还住在那里吧。

我们会不由自主地长大，当我们终于能笑着说生活中不快乐的事情太多了，开始理解别人的无奈之举，能承认自己在现实生活中确实有无力的时候，可能我们才算长大吧。而在那之前，就悄悄地祈祷小女孩慢慢长大，还会因为晴天而心情变好，还会因为哪个人偶尔的好而感动得稀里哗啦，还会因为急迫地要见谁而慌慌张张，总之要让心还是热的。

我就是个没有故事的女同学

时间是种杀伤力巨大的武器，人会不断地推翻先前自己的很多想法。就像初中的时候，我们觉得隔壁大姐姐交那么多男朋友，她一定不是个纯情的女孩子，长大了才发现，童年的家庭创伤促使她需要不断谈恋爱来确定自己被爱；就像我们可能曾经很羡慕《还珠格格》里那些红尘做伴的日子，长大一点可能发现那不过是电视剧，现实生活中可能没那么多轰轰烈烈和上蹿下跳的日子；就像本来很喜欢的一首歌，若干年后再听，会疑惑当初自己怎么会喜欢这首歌。时间过后，我们似乎突然变得有了一些故事。

某天，一个关系亲密的朋友问我，有没有发现我老在讲过去的两个男朋友，讲来讲去都是那些事。我惊诧，确实如此。我本来信心满满地觉得自己是个有经历有故事的姑娘，被他这么一戳穿，我开始怀疑我的这个观点。"董小姐，你才不是一个没有故事的女同学"，歌里是这么唱的，但现实是，赵小姐就是个没有故事的女同学。

我反复咀嚼的恋情只有两段，期间所有的暧昧故事都以"我们最后变成了哥们儿"结尾。我暗恋八年的男生，从未想要表白，害怕失败也害怕失去友情，当我终于能坦然对他说出"你知道吗，我曾经喜欢过你"的时候，当他笑着跟我举起酒杯说"我知道啊"的时候，时间已经足以教会我放下这段感情和这个人，这段感情可供下酒，这个人也变成了"哥们儿"。跟初中男朋友分手后，我残忍地斥责过一个给我写情书的男生，但是内容却是在咒骂初中男朋友的不忠；也骄傲地放弃过一个我明明很喜欢的身高一米八三的男生，只是因为他当着我的面各种对我好，却在背后取笑我对他的喜欢。跟高中男朋友分手后，四年的时间都在广东上大学，追过一个师兄，无疾而终；被一个师兄追过，无疾而终；想着试试看姐弟恋如何，仍然无疾而终。我之前一直感叹我在最不该谈恋爱的时候谈了恋爱，却在最该谈恋爱的时候保持单身。你看，我的爱情生活就是这么乏善可陈，跟别人的爱情故事没什么两样，我真是一个没有爱情故事的女同学。

我爸我妈都是普通人，我没有经历过什么大的动荡。当然日常生活中夫妻俩吵架斗殴，这些也是寻常家庭会遇到的。我爸脾气暴躁，我一个女孩子没少挨他的揍，是真揍，下狠手的那种。我妈也脾气暴躁，她惯用的方法就是厉声呵斥，会这么对我也会这么对我爸。他们年轻力壮的时候，打架也是常事，如今他们老了，突然跟成仙一样，爱上了上山种菜，于是现在我们家里很多菜都不用买。你看，我家也寻常得可怕。

三年前我剪了留了二十年的长发，没有理由和故事，不过是因为厌倦了一成不变，跟我一成不变的青春一样。剪了短发后发现我真是适合短发。身边朋友开始吐槽我之前长发如何非主流，如何一遍遍刷新他们的底线，我撇撇嘴，想竖中指。也是三年前，我想竖起来的中指上文了难看的文身，之后就想把这文身隐藏起来，因为好多人文身是因为背后有故事，而我完全没有，不过一时兴起，被别人问起来的时候，我常觉得，我怎么是这么个没故事的女同学啊！

大家都想要日子过得不平凡，我曾经也觉得自己岂是池中物，一定要把生活过得轰轰烈烈非同一般；后来才发现生活平平淡淡从从容容才是真，人嘛，哪儿那么多冒险故事，哪儿那么多传奇经历。能意识到自己平凡已经是一件进步的事情，当我认识到自己的平凡的时候，我会变得从容，开始接受一些无法改变的事情，比如战争，比如天灾，比如人祸。如果还是执拗于轰轰烈烈，不如换个奋斗的关键词，叫"有趣"吧，不执拗于生活变得轰轰烈烈，而执拗于变得有趣。

我们虽然很平凡，很普通，但我们都想要把生活过得精彩一些，每天充满阳光和鲜花，充满欢声和笑语，把日子过成自己的，这就是有趣的最大意义吧。所以我虽然是个没什么故事的女同学，我也尝试着做些有趣的事情，比如一个人出门远行，比如写文章，比如做电台，比如弹吉他，比如唱歌。当我被这些有意思的事情包围的时候，我就知道我活着的意义了——说活着的意义，好像变得有点深刻了，简单说就是知道生活有意思了。就算我现在是个没有故事的女同学，未来也一定会成为一个有趣的有故事可说的人。

《东京爱情故事》的主题曲《突如其来的爱情》里有句歌词是这样唱的："在那天在那时在那地方，如果不曾与你邂逅，我们将永远是陌生人。"我借用这句歌词是说，我们在现在这个时代以现在这样的方式邂逅，我们便产生了联系，便有了故事，便不能算作陌生人。所以，因为你们看到这里，我这个没有故事的女同学，也有了故事。你们也是一样。

不是cool girl也没关系

从来没有完整地读过金庸或者古龙的书，也从来没有真正地读完任何一本武侠小说，对武侠的印象还是停留在电视剧、电影当中，但心里一直很想做个仗剑走天涯的女侠，也就是现实意义中的cool girl。那种路见不平一声吼，爱就主动出击，即使被拒绝也会果断离开不回头的女侠型的女生，就是我特别想成为的模样。好像这样的生活并没有那么累，不用过分担心周围人是不是也开心，更多的关注在自己身上，有点自私也没关系吧？

为了践行这一点，我好像潜意识地从小就开始培养自己这样的气质。幼儿园时期的表现就是做个"孩子王"，将那些能排得上号的小朋友都收归麾下。小学时期做班长，讲究如何在老师和同学之间发挥得游刃有余，不能只受老师喜欢，还应该跟同学们打成一片，特别是爱捣蛋的同学。所以我和那些捣蛋的同学结成联盟，这样使得我在班里很吃得开，有利于我"只手遮天"。我的cool girl的旅程就此开启，成为学校的"领袖人物"。直至很多年后，一个朋友提起小学时期，还大大夸赞我对他的"包庇"，只是因为某个周末他没写作业，而我作为班长检查时帮他躲过一劫。

初中早恋，被老爸逮到，死命护着初恋情人时，觉得自己酷极了；救下一个被人欺负的女生，跑去药房为她买创可贴时，觉得自己酷极了；跟同学们讨厌了很久的老师顶嘴，反对他的不平等时，也觉得自己酷极了……我怎么就这么自恋呢？

到了高中，虽然大家都不算特别熟识，但毕竟县城太小，我的"英雄事迹"，新同学也略有耳闻。他们都和我保持礼貌的距离，而我也乐得清净，保持着自己的酷模样。不过这样的酷劲儿也只持续到军训前，不久前成为妈妈的我的高中好友之一C小姐告诉我，最开始根本不敢跟我接近，害怕我是那种捣乱的女生，没想到军训时发现我根本就是那没脾气的人，还乐于想办法让人开心。这也是我们成为朋友，并且一直要好到现在的原因。

高中刚好是叛逆期，整天骑自行车追在喜欢的男生后面，不再穿妈妈买的那些样式一般但是耐穿的衣服，染烫头发，兀自沉迷在忧郁的青春里；作为学校的文化宣传部长，跟想要停掉广播站事务的教导主任请命，完全一副"初生牛犊不怕虎"的姿态。后来提起这段经历，我们几个朋友都笑得前仰后合。

没有安全感的人都喜欢装个硬壳来保护自己，大学时候我在宿舍的昵称是"刺猬"，因为我总把柔软的地方藏起来，把尖锐的一面露出来，想要保护自己不被外界伤害。Y小姐是最了解我这一方面的朋友。她是宿舍第一个觉得我冷酷的人，又是第一个觉得我在伪装冷酷的人。很多次聊天里，她说起初相识的时候我给她的感觉，简直就想揍我。那个时候没觉得装冷酷有什么不好，不随波逐流地在各个景点拍照留念，不把时间浪费在宿舍的床上，尽可能多地让自己站在人前。可能对cool girl有种不太端正的态度吧，只觉得跟别人不一样就好，就很酷。

过年时跟家里朋友聊星座，聊到上升星座和月亮星座，我说我从来不知道自己是什么样的，她便推荐给我一个网址让我自己查。我查了查，结果说我上升星座是处女座，月亮星座是巨蟹座。她说那代表我内心比较敏感、细腻，渴望得到温暖。我心想，坏了，这样就不是cool girl了。她便劝我说，内心不cool没关系。这才引发了我对cool girl的思考。

突然发现好像我一直都错了。那种自认可以快意恩仇的女侠，要么是刚闯江湖，要么是在江湖中受过很重的伤害；而真正潇洒真正酷的人，应该是内心依旧柔软，只是柔软中有坚韧的东西，坚持某些东西才能果断地摒弃其他东西。如果酷是让自己变得冷酷，冷眼看待世间的事物，那么宁愿不要成为一个cool girl。

现在也还是想要成为一个cool girl，还是可以看见不平就吼一吼，看见喜欢的就追一追，追得没辙就跑开，还是可以坚守一些什么东西，除此之外的芜杂都可以抛弃。但偶尔也希望露出自己不酷的一面，露出也需要别人保护的一面，露出自己其实也有无能为力的时候，让别人真实地知道自己，不再那么逞强。如果这样不算酷的话，那么不是cool girl也没关系，就让我这样吧。

135-

我不愿有人陪我颠沛流离

塞林格在《破碎故事之心》中这样写道：

"有人认为爱是性、是婚姻、是清晨六点的吻、是一堆孩子，也许真是这样的，莱斯特小姐。但你知道我怎么想吗？我觉得爱是想触碰又收回手。"

凌晨起床，"愿有人陪你颠沛流离"这句话就冒出来了。我心里一着急，想我是怎么想到这句话的。再年轻一点的时候，可能也就是半年或者一年前，听到这样的话，我会拍大腿，连连惊叹这句话真好：我们孤独人间走一趟，阅览万物，不就想要遇一个人红尘做伴，一起漂泊浪荡，做神仙眷侣吗？可我现在却有点变动。我不愿有人陪我颠沛流离，这样听起来太惨，我只希望能有人一起走，平淡地走，闲时看星星，忙时各自飞。我自然知道生活潜伏暗涌，但我更愿意跟同伴分享暗涌表面的平静。那种感觉就像灵儿明明快要死了，表面却仍然保持平和，跟李逍遥说："逍遥哥哥，我们回家。"

大二的暑假结束，我从北方坐火车到南方，二十三个小时的车程，全程无座。在火车上，我和同伴委屈地坐在过道上，拥挤、憋闷、难受，要忍受来往的乘务员和小推车，要忍受来往的泡面的味道，要忍受搬来搬去的行李。但当时的我甚至还有点小小的快乐，因为我站的过道旁边的座位坐着一个我很喜欢的类型的男生，我会时不时偷看他。那种心情可能也传递到了他那里，我们开始攀谈，聊得很开心，他的朋友和我的同伴都在起哄我们。半夜我想上厕所的时候，睁开眼睛看见他盯着我看，我冲他笑笑，眼睛朝向厕所的地方。他问是想去厕所吗？我点点头。之后他就在我前面帮我叫醒在过道睡觉的人，给我开辟了一条通往厕所的神圣大道。我走在他身后的时候，就开始幻想如果我们在一起了，他是不是仍然这样靠得住，仍然这样保护我。可想而知，我一直是个脑洞很大的少女。

可是，他早我很多个小时下车，下车前他叮嘱我坐他的位置，告诉我怎么样占座别人就不会抢我的位置，我像个乖孩子一样记住了他说的话。当时我的心里一直在纠结，要不要问他要联系方式。他拿着行李，和朋友们走到车门口，眼看就要下车了，我飞快地从包里掏出纸和笔，写了自己的联系方式，跑到他面前，把纸条塞给他，他先是一怔，然后心领神会，冲我点点头，下了车。返回座位的时候，我手心直冒汗，心里直犯嘀咕：他到底会不会联系我？

所幸，他在之后的第三天联系了我。我们开始彻夜彻夜地聊电话，像普通的异地恋情侣一样煲电话粥。可惜好景不长，这样的情况只维持了十几天，他就喜欢上了他们学校的一个女生。

之后我长时间地问自己，为什么我就要受到这些待遇？为什么我追求爱情的路上从来也不是坦途？为什么我就留不住一个我喜欢的人在身边？

那个国庆节，我本来打算要去他的城市，后来改道去了海南。可是那时台风正盛，我真正体会到了什么叫"颠沛流离"。在海口的五天里，有三天因为台风，只能窝在宾馆里，每天只吃一顿麦当劳，因为在路上丢了钱，身上钱不够。从海口市里坐车去海口火车站，因为台风天气的原因，公交车不通行，就坐那种明令禁止的四轮摩托车，一路上雨越下越大，前方的道路积水越来越多，走到距离火车站大概还有半小时车程的时候，四轮摩托车已经不能过去了。路边很多骑摩托车的师傅，其中一个说可以送我去火车站，不过需要走田间小路，我二话不说就跟着走了。果然走的是小路，狭窄、湿滑，有很长一段路程两侧都是不知深浅的大池塘，能听到不少青蛙在不停地叫。如果这是个晴朗的夏日傍晚，恼人的蛙鸣也一定是最可爱的存在；而当时的情境，只有害怕。台风太大，雨太盛，伞已经没有用处，我索性扔掉伞，整个人像是泡在水里。庆幸的是，最后终于安全到达火车站。也是因为台风的原因，本来晚上十点发车，推迟到了半夜三点，站着等待的几个小时里，感觉自己快要死去了。

其实现在回想起来，还有些后怕，如果骑摩托车的师傅是坏人怎么办？如果我们真的不小心滑倒摔进池塘，而我并不会游泳，葬身异地怎么办？

所以，我真的不希望我爱的人也经历像我这样的"颠沛流离"，我更希望我和我爱的人可以在每个平和的早晨醒来，取笑对方昨夜有磨牙哦；我更希望我和我的爱人能在做菜做饭的时候，细心提醒对方：小心手；我更希望我和我的爱人能在晴天一起出门，雨天同打一把伞。

我知道生活不可能永远一马平川，但是两个人在一起就能背对背抗击生活偶尔的恶意；我知道我们偶尔会"颠沛流离"，但是两个人在一起的时候更多还是对酒当歌。我既不愿让我爱的人孤身犯险，也不愿让他跟我一起颠沛流离。我想，在我碰到你以前，我先经历了我的"颠沛流离"，我带着美丽的忧伤，终于与你相遇，我知道你也有难以言喻的伤口，剩下的日子里，我们就静静地体验生活种种，这样多好。

阿乙说："这是我第一次喜欢一个异性，像封闭的山谷猛然敞开，大风无休无止地刮进来。"而我也希望我的大风，在我的怀里变成轻柔的晚风，而不是继续颠沛，成为野风。爱的感觉真好啊，甜蜜蜜的。

-140

野马般的女汉子都是可爱女人

披覆铠甲,提枪上马,斩断荆棘,勇往直前的,可能不是骑士。

修得了马桶,换得了灯泡,吓得退流氓,打得退混混的,可能不是勇士。

不矫揉造作,不屈服现实,不依附他人的,可能不是汉子。

宇宙间,除了男人、女人,还有一种生物叫——女汉子。

对,女汉子。

我常常在想,是什么样的因素,让我们部分女生贴上了"女汉子"的标签。起初,大家好像还会欣然接受,觉得这个称号简直是对自己某些性格特质的褒扬,也乐得自诩:老娘就是女汉子;到了后来,我不知道其他跟我类似的女生怎么思考,我反正是恨透了这些标签,简直可以说是深恶痛绝。且听我慢慢道来。

又是百度百科，搜索女汉子，就会蹦出：女汉子，是指一般行为和性格中向中性或男性靠拢的一类女性。形容女性个性豪爽，不拘小节，独立，不怕吃苦，不穿高跟鞋，脾气暴躁，不太注重个人形象，缺少女人味等大众认为传统女性应该拥有的特质。等等，什么是传统女性应该拥有或者不应该拥有的特质？

个性豪爽，撸串喝酒，跟哥们儿推杯换盏，推心置腹；不拘小节，爽直果敢，心里有不痛快的找个合适的方式统统说出来；独立自立，不怕吃苦，在让自己变得越来越好的路上越行越远。这些特质，不应该是专属于男生或者女生，这些不都是自己为了变得更好所做的一切努力吗？谁规定男生就得独立，谁规定女生就得柔弱。每个人都有两面或者更多面，社会使然。白天，无论男女，都得披上盔甲，同糟糕的暂时不理想的生活做斗争；到了夜晚，回到家里，放下心防，脱去白天的盔甲，脆弱的不堪一击的自己就会跳出来。这已经不是男女的问题，这是整个人类的问题了。

每个人都是一座孤岛，独自在海上飘摇。我们做不成甘心的船员，那我们就做个不甘心的船长。独立、负责，这样的姑娘，我们只能叫漂亮，再被叫汉子，我们就翻脸。

2015年春节联欢晚会的时候，贾玲和瞿颖，一个作为女汉子的代表，一个作为女神的代表，在舞台上比拼。女神和女汉子是对立的吗？不不不，绝对不是。我见识过不少身段纤巧，妩媚迷人的女性，完全具有"养在深闺"的资格，在孤独的异地，仍然坚持独自打拼。从外在看，她们是绝对的女神，素净明媚，不化妆的时候皮肤亦是干干净净的；从内在看，坚强独立，果敢迷人，百度百科所说的品质都具有。我们能一概而论地来评定这个人是女神还是女汉子吗？那是断然不能的。所谓女神，回到家里，也是要吃饭喝水上厕所的；所谓女汉子，去见心仪的男生时，也会仔细收拾打扮的。

女汉子爱情之路会坎坷吗？

可能会，也可能不会。爱情本身就是很玄妙的事情，正因为它玄妙，人们才想要去靠近，去冒险。可能有人会觉得男生会hold不住一个野马一样姑娘，但小伙子，怕hold不住说明你还是没能力，缺乏自信，跟姑娘一点关系没有，也甭给姑娘扣帽子。女孩哪个不希望自己能依靠但不依附另一个人呢？哪个不希望有一个人看着自己的时候眼角含笑？哪个不是在寻找一个更强大的共存体？当这些都不存在的时候，女孩们只能先让自己变得更美好，变得通透、善良、独立。有一句话说，女汉子最想要的男生类型就是自己成为的那种类型。这句话戏谑之处，不无悲伤。就是等不到啊，那个人没来啊，所以就让那个人先变成自己吧。那个人来的时候，会有讯号的。他会温柔地拍拍你的肩膀，轻轻地在你耳边说："别逞强了，以后有我呢。"那时你流的泪肯定都是甜的。

男生也别怕和这类型的女孩交往，她们可能没软妹那么让你有突然的保护冲动，但她们会跟你一起对抗这个奇怪的世界，会和你成为一个战壕的战友，会在你失去信心的时候还能给你打气加油，不会让你一个人承受两个人的疼痛。你们会像两只并肩奔跑的小鹿，猎人冲你开了一枪，她是那个低着头帮你舔舐伤口的人，是拼了命和你并肩同行的人。一个和你并肩前行的人，个人认为是好过躲在你身后让你挡子弹的人。有问题的时候，两个人能开诚布公，逃避和躲闪都不是解决问题的办法，解决问题还是要靠面对。

"我做好了与你过一辈子的打算，也做好了随时要走的准备。这大概是最好的爱情观，深情而不纠缠。"这也可能是大部分精神独立的女汉子们秉持的爱情观。那个人不来，我们就等；来了，就好好对待；他想走便走，硬留是留不住的，不如让彼此都拥有不纠缠又美好的回忆。

虽然我也是如野马般的女汉子，虽然我恨透了那些标签，但我仍然不后悔把自己塑造成更独立更坚强更美好的人。因为无论怎样的姑娘，都是可爱女人。

我并不想坚强到让人觉得我是万能的

我不确定自己是不是一个有女权思想的人,但我可以确定我是个希望女生有独立思想的人,因为女孩子也没什么理由可以逃避生活扑面而来的各种麻烦。所以我常希望自己能做个超人,那种可以解决生活里一切麻烦的超人,不需要拯救世界,我们拯救自己就够麻烦了。

可是,长大是件既痛苦又愉悦的事情。

长大后终于可以随意打扮自己,用各种化妆品来取悦自己;终于可以约会不同的男孩子,甚至把他们领回家;终于可以在外面喝酒,当然是保障安全的前提下……长大以后,之前那些不敢做的,被大人看作离经叛道、惊天动地的事,都可以做一遍。

这份愉悦是可以让精神得到高潮的,生活太淡了,我们总得需要些事物来加重生活的趣味。

而长大的痛苦就在于,需要不断地调整自己,不断地和过去某一方面的自己和解。我开始劝自己相信一些事情，劝自己接受社会的某些法则。可能有些人觉得这些真让人无奈啊，社会让我们变得不再是自己本来的样子，诸如此类，其实不是的。调整、和解，不过是让此时此刻的自己活得更舒服。

再回到超人的话题，也就是因为长大，我知道我做不了超人。我曾以为我是万能的，众星捧月的，举世瞩目的，而长大就会明白，哪有什么万能，能把一方面做到极致已经好难了；哪是唯一的月亮，自己不过是颗星；哪够得上世界，我连北京朝阳区都没弄明白。

我既然不万能，那就有脆弱的一面，就不是一直那么坚强。

今年跟自己最大的和解，就是终于承认自己老在逞强，偶尔也要露出些脆弱的边角给周围的人看。

比如感冒发烧流鼻涕，比如脆弱到流眼泪，比如明明心里很不爽。

和男朋友分手，因为第三者插足。当时我觉得不忿，在电话里质问他理由，他含混之间，表明他的意思：你那么坚强，你可以离开我，而她并不能。好像坚强突然成为一种很坏的品质，成为众矢之的，别人可以欺负你，因为你坚强；别人可以伤害你，因为你坚强……

有很长一段时间，我都很讨厌坚强。

直到过了很久，慢慢地我悟出来了，其实我并不是坚强，我只是容易逞强。用一个亲密的人的话来说，就是我爱装。

有事装没事，想要装不想要，生气装不生气，喜欢装不喜欢，爱装不爱。

如果我能将自己逞强的成分扔掉一些，不知道会不会好过一点。女孩子嘛，就让自己柔软一点，没什么的呀。世界这么坚硬，就是因为有女孩子的存在，才能柔和一点。

人只活那么一次，想爱就爱，想作就作，想折腾就折腾。没有人是随随便便度过日子的，日子会以不一样的方式回报到身上。所以，不要去装——装坚强，装冷淡，装万能，装和世界之间存在距离。就做个平凡的人，做个会认输、会服软的人，做个偶尔会哭泣的人，也好过坚强得像铁。

-148

二十岁时我曾幻想死亡

十八岁生日的时候,朋友跟我一起成人礼。她们送了我许多代表成年人的东西,我以为会是冈本、杜蕾斯或者其他,结果却是沐浴露、香水和指甲油。现在想想,如果那会儿收到的是冈本、杜蕾斯,生活会不会不一样?

二十岁生日的时候,跑广东去了。大学第二个学期,跟朋友们撸串喝酒玩大冒险,邻桌的帅哥刚好认识,我说今天是我生日,他举杯祝我生日快乐,并且附送鸡翅一只。我们冲到陌生的男生宿舍,对着他们大叫:"姐好寂寞!"当时单身的一群人,现在还剩几个呢?

我本来想着,或许我该在二十岁的时候死掉,这是十六岁前的想法。我的理由是生无可恋,每一天如此还有什么意思,二十岁已经考上了大学,实现了家里人的夙愿,我帮家里人做的也就够了。于是我整天想二十岁的时候我应该去死,幻想死要采取什么方式。

可我现在还活着，我今年二十四岁。我没有在二十岁死去。

理由是什么不得而知，我不怕死也不贪生，我只觉得我应该可以变得很好。

1.关于成长

成长是一笔交易，我们都是用朴素的童真和未经人事的洁白交换长大的勇气。

——《魔女宅急便》

谁不曾觉得自己应该是另一个人，应该更闪亮或者更从容，更美好或者更随性，但是我们过了那么久也不过发现，何必艳羡别人的生活，自己的生活尚且一团乱麻，有空幻想这些，不如先面对自己。

成长于我，我觉得从去年到现在成长得最快，似乎懂了很多事，又似乎还是迷迷糊糊。我能说我还有少女心吗？我崇尚美好的事物，我崇尚爱，我崇尚自由，我崇尚趣味，我对世界很多事情都很好奇，我像个少女般探头探脑去探索这世界上我没遇见的事情，去追寻我觉得有趣的人，我觉得很好。

这一年，我一直都是一个人。印象里，我第一次面试，走在一个"高大上"的创意园，心里幻想着在这里工作会是什么体验，我会过怎样的白领生活，想想就觉得开心，即使我嘴里吃着很难吃的馄饨，也觉得幸福得不得了。啊，北京真好啊！最后失败了，也没关系，第一次嘛！我去租房子，700块，有大窗户，觉得棒呆了，虽然是隔断间，但是邻居是同龄人，看起来很好相处的样子，同居的生活应该会过得很快乐吧。可是后来发现一个邻居有点猥琐，而这个地方距离公司实在远，干脆咬咬牙换了新的。啊，新房子真好！我有自己的卫生间、大床、阳台。和我睡过的人都赞不绝口——当然是对我的房间赞不绝口，不是我。

我受伤的时候，第一次感觉自己是个有责任的大人了。决定做不做手术，决定做怎样的手术，决定怎么分配少之又少的钱。感觉就是，我能掌控我自己的人生了，虽然只是小小的一部分。

但，这是成长。

2.关于孤独和自由

自由是独立，不依附，不恐惧。

——克里希那穆提

一个人生活，最大的感受可能就是同时拥有自由和孤独。自由，在别人眼里可能是：想几点回家就几点回家，想脱光衣服就脱光衣服，想几点睡就几点睡，想跟谁睡就跟谁睡。这是事实真相的一部分，比较表象。深层一点，自己不必像只安居在温柔乡的寄生虫，可以不依靠父母亲人，独自面对生活的大事小事，比如换房子，换工作，交水电网煤气费……不恐惧又是另一个层面，我们这些年轻人，很少不恐惧的，我们给自己留了很多后路，然后发现这些后路恰恰是阻碍前进的最大绊脚石，一时的聪明会毁了一世，这是近期的感受。自由还在于，我终于可以做点自己喜欢的事，比如夜里突然惊醒，我就站在阳台上看会儿月光，这听起来有点矫情，而我也确实这么做了；再比如看电影晚归，我坐在出租车上看路边的街灯，很美呢，不知道有几个人注意到；再比如，像这样很晚了不睡觉，敲键盘或者录音频，要是在家，我妈肯定叫我赶紧睡觉。

然而，背后的孤独也是不言而喻的。买衣服不勤于去商场，因为自己试过以后，不知道该和谁讨论这件衣服合适与否；吃饭尽量要拉人一起，因为担心自己一个人吃饭憋出病来；周六日不愿意待在家里，虽然在家里看书、弹吉他、写东西或者画画也能待一整天，但就是觉得我该出去；夜里睡觉的话，是不是该有个人在我旁边跟我说了晚安我们再睡啊？这些都是比较具象的场景，再抽象一点来说，更多时候，孤独是我张开嘴巴想要说话，但是发现根本没人回应，我有一肚子的好东西、好玩儿的事想要分享，却不知道谁会愿意听！好孤独。

朋友们会觉得，是不是因为单身的时间久了，所以才会孤独得越发明显。但有一点要明白，另一半的存在只能缓解孤独，不能根治。

但是，我现在也是挺想缓解的。

3.关于年龄

其实并没有山穷水尽，亦没有柳暗花明，可以只是此时此地，欸乃一声，开出豁亮天下，青山绿水原来一直无变改。我既来了，定不负山的高，水的清，也许将来潦草收场，惨淡徒劳，可是有这一路风光，我的一生，便可自成景致。

——钟晓阳

我现在二十四岁，在这个年纪，有的女生已经做妈妈了，而我还什么都不是。身体已经不如从前，今晚熬的夜会写在明天的脸上；减肥不是易事，这件事我从没完成过。

有人说女生过了二十五岁，基本就走下坡路了。

胡说八道！

姑娘们的人生才刚开始，怎么就下坡了？二十四五岁，刚步入社会，转变成人角色，跟着时间的脚步，做些正确的事情，或激情或疯狂，或不羁或放荡。喝想喝的酒，只要自己买得起；吃想吃的东西，只要心里安生；交想交的朋友，去想去的地方，见识没见识过的东西。一切有趣的事情才刚刚开始，我们才刚刚要爬上生活的大坡，开心还来不及呢。

我一点都不介意年龄，在每个年龄阶段都有不一样的旖旎风景。我十六岁时觉得生活美好，二十岁时觉得生活美好，二十四岁也觉得生活美好，美好和美好不一样，但都很美好。

我以后会活三十岁、四十岁、五十岁甚至更久，一定会有不一样的美好等着我。到那时，才是回味人生的时候。

4.关于人生意义

"我爱你爱到不自私的地步。就像一个人手里一只鸽子飞走了，他从心里祝福那鸽子的飞翔。"

"我真的不知怎么才能和你亲近起来，你好像是一个可望而不可即的目标，我捉摸不透，追也追不上，就坐下哭了起来。"

"你知道我在世界上最珍视的东西吗？那就是我自己的性格，也就是我自己思想的自由。"

"只要我们真正相爱，哪怕只有一天，一个小时，我们就不应该再有一刀两断的日子。"

"我要和他一起深入这个天地，一去再也不回来。"

"我老觉得爱情奇怪，它是一种宿命的东西。对我来说，它的内容就是'碰上了，然后就爱上了，然后一点办法也没有了'。"

以上内容均来自王小波的情书。

为什么你要旅行?
因为房子太寒冷。
为什么你要旅行?
因为旅行是我在日落与日出之间常做的事。

——马克·斯特兰德

毕生追求无他,爱与自由而已。
人生意义如是。

好好活到筋疲力尽那一天

虽然一直在写些生活的细枝末节，但讲实在话，有时候并没有走心，只是简单将表面的东西摊开来，告诉大家：看，就是这样。而没有刨得深一些：为什么这样，怎么会这样。

最近我跟周围人总在说人生怎么如此艰难，人生是一直这么艰难还是只有二十多岁的时候才是如此。有些人会摆出一副老气横秋的样子，他们讲：对，一直这样。就像《这个杀手不太冷》里面大叔对萝莉说的那样。另一些人说：不会的，只是现在会这样，以后只会越来越好。就像日本电影里习得性的治愈口吻。我站在第三个人的位置，觉得他们说得都对，也都不对。

自觉二十四五岁的人怎么老是一副病恹恹或者蔫了吧唧的模样，既不像八九点钟的太阳，也不像茁壮成长的小树苗，反而有些早衰。有时候很讨厌自己瞻前顾后的性子，所以会想办法在脸上表现出一种轻松的样子，但事实其实不是这样的。有些人看着轻松，但实际上背负得很多。

2016年刚来的时候，我并没有随大流去做什么年终总结或者新年规划，因为我看了一次演讲，演讲的题目不太记得，大意是说：不要把你想要实现的目标过早地说出来，要去做，做出一点成绩后，你周围的人看到了，你才有资格说这个目标你实现了。这比提前说出来但是最后没有实现有意义得多。举个简单的例子，减肥，是女生绕不开的话题。很多人减肥的时候总喜欢向周围喊：看哪看哪，我要减十斤，我要减二十斤！可能有人有点效果，但绝大部分是失败的，因为喊出来的目标，大家会在潜意识里觉得这个是已经实现了的，动力就少了很多。如果你不把这个目标说出来，默默去做，你会当这个是一直没实现的事情，想着法子去实现，等到真的实现了，别人会看得出来，他们会先叫出来，这个时候你才是真的实现了目标。其他事情也是这样的意思。

所以我试着闭嘴，想要默默实现自己给自己制订的计划，也就没去写所谓的新年规划。当然，说不定我会写个条子夹在日记本里，时时提醒自己这些还没实现，快点实现去，但我不要再向周围声张了。

2015年其实过得并不容易，难忘程度绝对比之前高考、考研之类的要高得多。我再也不会有第二次二十四岁，就像我再也不会有第二次的"第一次"。人不会永远十七岁，但是永远有人十七岁。二十四岁已经过去了，我也不想追。K先生喜欢问"如果人在某个重要时刻做了另一个选择，是不是现状会不一样？"我老劝他不会的，因为人会重复不断地犯同样的错误，即使选了另一个，很可能也是如此。另外，已经走到了今天，就别问昨天的事情，不然会影响明天，甚至后天。最近我开始反思自己说得对不对，或许是对的，或许是不对的。因为有些事情确实存在这种情况，如果做了另一种选择，现状确实会不一样。但人无奈就无奈在，没办法未卜先知，不然的话，可以规避多少风险。比如我的2015年。

  我到现在都试图使自己尽量平静，认识我有一段时间的人可能知道我发生过什么，而另一些却不明就里。那容我再多唠叨一次，我实在忍不住要吐一吐2015年的牢骚。最开始的"五月病"，我在工作上遇到了大瓶颈，没有作为，浪费时间，认为自己做的事情是无用功，后来事实证明也确实如此。徘徊在放弃还是坚持的路口，始终没有答案。觉得自己溺水了很久，泡到浮肿，但是没人可以伸一只手拉我一下。有一个周末我像死了般绝望地躺在床上，一整天没有说一句话，也不吃饭，就躺着，翻来覆去地躺着。可能有人觉得我是矫情，但是经历过工作上无助的人都懂，那种努力也没用的感觉。那天是如何结束的我已经没有印象，我只记得最后天快黑了，我必须出门，所以我出门了。第二天觉得我活过来了，应该要活起来的。

6月,生日前夕玩滑板磕断了三颗牙齿,我只有这个时候才会像K先生一样去思考,如果我那个时候选择拿着滑板而不是踩着,事情一定会不一样的,但是没有如果。过了十天,出车祸了,没有大碍,脖子疼了几天。又过了几天,被骗钱了,幸好数目不大。身体、钱包受挫,我可以接受,毕竟谁也不知道意外什么时候会来。

11月份的时候,工作第二次陷入困境,简直糟糕得一塌糊涂,旁人看不下去,都劝我赶紧换个地方。我蒙头转向地跳槽,到了喜欢的行业、喜欢的公司,一切都貌似朝着好的方向发展。有经纪人联系我,尝试出版书籍;成为网易签约主播,加了个V。虽然穷点,但是生活似乎终于走上了正轨。我以为本命年的魔咒过去了,我终于可以施展了。每天快乐得像踩在棉花上,每一天醒来满满都是干劲儿,这才是人生巅峰。工作顺利,情感没大毛病,家里人坚定地拥护我,我的朋友似乎多了很多,饭局都要排一排时间。

可惜,本命年魔咒根本没放过我,就快要过年,又出现转折。果然快乐的时光不会太久,人也不能太得意。新公司人员调整,很遗憾我是新员工,中招了。得知消息的时候,自己像是失恋般,我抓着周围亲近人的手,再次求助,无果。我承认有那么一瞬间我想就他妈这样吧,让我颓一会儿吧。不然就回我的小县城当个女老师,日后相亲结婚,听公公婆婆的话生个儿子,从此放弃音乐、文学以及其他艺术好了。想到这些的时候,我更难过了,这不是我要的生活,我虽然不知道我到底要什么生活,但我知道我要的不是这样的。不能赌气,人不能赌气,虽然不要为难自己,但是不能赌气。

失眠了一晚,想了很多东西。想明白自己在工作中可能存在的问题,想明白自己性格上可能存在的跟工作冲突的东西,项目负责人也没有把话说死,暂时离开也算好事,能让我想一些之前自己没想到的事情。

忘记在哪里看到一句话,叫"好好活到筋疲力尽那一天",觉得讲得很生猛。每一天要努力生活,做着各种选择,要过得平顺已经是件很吃力的事情了,生活里的无奈和无力,常常会冲击我们之前形成的某些观念。成年人的世界里好像真的没有容易二字,而我认识到这一点花了两年。

看到魏如萱说的一段话,"恋爱这东西,有趣的是在于参与,即使失败了也是很有味道的,因为,你爱上一个人的那个瞬间,是会永远永远留在心里的,这瞬间,便是生活的勇气……"不止恋爱,生活中的很多事情估计都是这样,某个瞬间迸发的东西,可能就是勇气。好好活着,虽然费点力气,但是还没筋疲力尽,这游戏就没玩儿完。

很多人觉得我治愈人心,我一点都不觉得,有很多时候我觉得我表达的是忧郁的一面,这些情绪可能很多人都有,我开解自己的过程,可能顺便开解了其他人。也算好事一桩，我们都没活到那一步，之前的任何棋局都可以翻掉，重新开始。继续吧，好好活到筋疲力尽的那一天，好像还有很长一段路要走。有点慌，但是但走无妨。

真喜欢梦想啊爱啊这些虚无的词

2015年还没开始的时候,我在2014年的末尾给自己许了十个愿望,这些愿望每一个都很小。我说我要学会十道能摆得上餐桌的菜,我要考日语的证书,我要交一个男朋友,我要买什么买什么,我要读够多少本书,写够多少字儿……不长不短的日子里,默默地对照着单子上的目标,讲真话,没几个实现的。到目前为止我也只会炒两道菜,其中一道还被一个人吐槽没味道,我的日语最近荒废了,买的东西倒是都实现了,要读的书早就超过了我规定的数目,写的字也是如此。照常的,那些能让自己更美好的目标,一个都没实现。

其实这些不算是梦想,究竟什么算梦想,我想应该是那些你不敢说出来,怕亵渎它,怕实现不了责备自己,想要默默使劲儿去实现的事。是很多时候想起来会心疼,是夜里觉得好难实现时的捶胸顿足,是不少次的皱眉和叹气。

要成为更美好的人可以是梦想,这个人可能仅仅只是比你瘦十几斤的自己，也是一段不长不短的旅程。你当然知道为了这个比自己瘦十几斤的人，要跑好远的路，要流成吨的汗，要改掉拖延症，冬天不许赖床。可能到最后你也没能成为比你瘦十几斤的自己，但是并不妨碍你成为更美好的人，至少你不再拖延，你变成性格坚毅的人，冬天零下几度的北方早晨，你一如既往地离开被窝，跑那不知道有没有的十公里。

你像个集邮者一样标记了地图上许多个地方，你说把这些地方都踏平就是你的梦想。放心，这些地方你不会踏平，但是你可以涉足。你随着你自己的性子，将你想去的地方都去了一遍，真开心。

我以前写过一篇文章叫《二十岁时我曾幻想死亡》，最后一句我写道，"毕生追求无他，爱与自由而已。"后来我看到有几个看过文章的人，将自己的个性签名改成这个。真喜欢"爱"这个字眼，如果将"爱"这个字作为名字，保存在手机通讯录里，它会是第一个出现的名字。我活的时间不算长，跟宇宙星辰比起来，我就是一粒渺小的种子。仅仅二十几年的时间里，我并没有遇见很多爱情，基本还是新手上路，菜鸟级别。究竟什么是爱，或者缩小范围来问，什么是爱情，我并不了解。浅薄地这样思考好了，在我理解力的能力范围里，跟爱人有关的事物，都是爱。它们可以是空了的饮料瓶，瓶口有他的唇印；可以是写着他名字的一本书，想到他手摸到书的哪一页就开心；可以是他与众不同的味道，记忆里他的微笑。这些都是吧。

《中国好声音》里汪峰喜欢问"你的梦想是什么"，网友们都在调侃他，说他何必在娱乐的舞台上提及梦想。我对汪峰无甚好恶，但我常常在想我们有多久没有提及梦想了，又是什么时候开始觉得梦想这个词可以拿来说笑的。我在生活里也不怎么提梦想，但我都悄悄地照着我的梦想来生活，有时会偏离，大部分时间方向是正确的。写《波兰来客》的北岛说："那时我们有梦，关于文学，关于梦想，关于爱情，关于穿越世界的旅行，如今我们深夜饮酒，杯子碰到一起，都是梦想破碎的声音。"好多人看到都会心中一颤吧，曾经我们都是要爱要梦的人呀，如今怎么就趴在小酒馆里摇摇头干下第三杯酒了呢。

后来，我们都开始觉得梦想啊爱啊这些词虚无了，因为很多人只是听说过，并没有见过，更别说实现了，然后就开始质疑是不是不存在呀。当然是存在的，不然怎么会有那么多人死在追逐爱和梦想的路上呢？就是因为大家都相信它们存在，也都在努力去实现它们。甭管最后实现与否，那些有勇气追的人，都配得上大拇指。就算最后根本没可能拿一等奖，那就拿个参与奖，最起码这条路上，老子来过。

真是喜欢梦想啊爱啊这些虚无的词儿，让我觉得我配得上活着，还能活得起。"你喜欢一个人，把所有的好都掏出来，白马，蔷薇，泪痕与爱，你满脑子都是这些，想遍了故事的来龙去脉，所有的哀伤欢喜，都想明白了。你告诉自己，好的，就是这个人了。但是很遗憾的是，事情并没有按你所想的方向在发展，爱情像一匹失控的黑马，踏上了几乎没有灯火的荒原。你拉，是拉不住的。"网易云音乐里面看到的一条评论，很美。真想拉也拉不住地去追求爱去追逐梦，把看到的经历的所有美好的事物，都献给这些东西，还是觉得真喜欢啊。

星期五下午突然想打一个电话

星期五的下午,当我伸个懒腰,准备要结束这一周的工作时,我看着窗外已经没那么灿烂的晚霞,陷入深深的寂寞之中。

我害怕在星期六的早晨醒来,突然拥有绵长的上午、下午和完整的夜晚,有些手足无措,不知道该将这宝贵的时间付诸所谓的有用的事情上还是那些仅仅为了打发时间的无用的小事上。

我突然想打一个电话。好像距离上次电话聊天已经很长时间了。现在联系方式看似齐全,但要联系的欲望似乎并不高涨,微信里好友成百上千,能在睡前说晚安,早起还能再打招呼的朋友几乎绝迹。我突然怀念起以前躺在床上捧着手机,打着电话聊着聊着就睡着的日子,充满了俗世的快乐,醒来想想,呀,昨晚又忘记挂他电话,霎时间觉得时光真好,自己是被惦念的一方真好。现在这样的机会基本不再拥有，每个人都躲在自己的小方框里，既不探出头来与人相拥，也不带领别人进入自己的世界。

不如先打给之前在天台上一起弹吉他唱歌的F先生吧。以前的日子里，总觉得时间自带金粉，记忆里的人都美好得不像话。我跟F先生的相识源于一次机构活动，我邀请他做我的舞伴，特意请他吃了一次饭，结果他却被师姐安排做了别人的舞伴。不过好在，我们成为很好的朋友。他是那个曾向我炫耀女朋友给他织围巾的人，也是那个会喊我喝奶茶聊心事的人。我们从来没有喜欢过对方，却觉得彼此是珍贵得不得了的纪念。大四的日子，复习考研的我跟没去实习的F先生，都处在情绪最低谷。这个时候，我们会在吃过晚饭之后，跑到天台上弹吉他唱歌，看对面教学楼里的学弟学妹们忙碌地进进出出，对着空旷的天空，不知道如何是好，对未来，就像一个做错事的孩子，突然不知道该怎么办，不知道手和脚该放在哪里。就打给他好了，我拨通了他的电话号码，这个号码很陌生，基本没在记忆里存在过。他接起电话，问："出了什么事？""没什么事，就是想给你打个电话，听听你的声音。""嗨，网上不也能说嘛！我这里人很多很吵，听不太清楚啊，网上说吧。""好。"潜台词是"好，那算了。"

那我打给D小姐好了，我们可以不用谈什么具体内容，仅仅说说我窗外的风景，说说楼下有个小孩子玩滑梯不下心摔倒了，说说我今天穿了红色的风衣，说说令我心情不佳的某个男生；我也想听听她最近学会了什么菜，有没有看上哪个男生，电影院里看了什么片子，又或者她出门拐角发现了一只流浪的小奶猫。我们是默契到自然的朋友，彼此没有多余废话，甜蜜蜜的话也说，冷静正常的思考也说。我曾觉得她是世界上的另一个我，我喜欢她就像喜欢我自己，她有一部分我想实现却没能实现的特质。就打给她。同样是陌生的电话号码，割裂开现在和过去，在学校的时候，他们的号码明明都可以倒背如流，如今却陌生到不行，显示着和我不一样的城市。我竟然开始紧张起来，有点慌乱，到底该说些什么好，就像我前面那样说的真的可以吗？电话的嘟嘟声，响了一遍又一遍，最终她还是没能接起这通电话。我突然有些失落，如果这个电话将是我人生最后一次跟她的通话，而她之后知道的话，必定会后悔的吧，后悔没能在一个平常的星期五下午接通这个电话。

给弟弟打吗？他最近在实习，上次通话时他说自己的工作时间不太固定，休息时间又很少，万一我打电话过去，他正好休息，那岂不是打扰到他？给妹妹打吗？算了，她已经结婚，工作也忙，可能随时都在应对生活上的各种烦恼，我有时候也听够了她的抱怨，除了劝慰她放宽心，慢慢来，什么都做不到，给她打电话，只能让我觉得我是个无能的姐姐。给L打吧，和L自国庆后就没怎么联系，也不知道他最近还会不会加班,其他工作面试如何,如果也会偶尔觉得不开心的话,不如我们出来坐坐,吃吃饭聊聊天?可是,我们很少在电话里交流,通过文字可能会更舒服一些,虽然我们是认识很多年的朋友,还是不习惯在电话里听对方若有似无的某些无意义的声音,也还是算了吧。

  此时我正看向一本书,书上说"爱和性都是容易的,最本质的不满足是不被了解和孤独感。"我想跟人分享这份孤独感,想跟其他人分享世界上的美好的事情,比如屋檐的雨水打在玻璃上,比如路边的小猫通身雪白,比如人是多无聊又自大的动物,比如仅仅是想听听他们的声音。这份不满足,破坏了我的星期五下午。因为一个实现不了的电话,我的脑子里出现各种画面,跑到山上摘不知名的小果子,跟喜欢的男孩子坐在山头吹风,在宿舍帮姑娘们扎头发……可我不能轻易去打扰他们,他们和我一样,有了新的圈子,新的喜怒哀乐,还有新的电话号码,他们也一定是担心给我打电话会打扰到我,所以我才没有未接来电,一定是这样的。

  于是我随意拨打了一个编造的电话号码,我幻想电话的主人是个帅气幽默的男生,我将给他读一首诗,诗的名字叫《星期五下午突然想打一个电话》,作者好像叫冯超,我初中有一个同学也叫冯超,巧合得不得了。我会跟他说:"嘿,亲爱的陌生人。"

星期五下午突然想打一个电话

想做一次

朴素的问候

用一些

透明的词汇

想说说现在的太阳

正透过蓝窗帘

如果下雨

请穿红色的雨衣

在黑夜中

不要待得太久

如果你感觉到冷

你就应该回头

沿着街灯

向我这边走

星期五下午想起你坐在窗边

长时间的沉默

还是个夏天

爬山虎的一只细脚

正探进我的内心

鼓点敲打进浮沫

河流上我爱过的

人们的脸缓缓滑过

灰尘们无色无味的一千次死生

像星空一样寂静

  亲爱的陌生人，你有没有在星期五的下午突然接到了一个莫名其妙的电话，她在那头絮絮叨叨讲了一大堆与你无关的小事情，你既想放下又想接着听。不如坚持一会儿吧，你不是也很久没接到别人给你打来的电话了吗？如果她说着说着沉默了，记得要告诉她，你真有趣！这样你俩都会笑得很开心，然后迎接一个寻常的星期五晚上，放点音乐，看些不费神的书。

第四章

去你的好姑娘永垂不朽

贝壳不在动物园

冬天来得过早,不是一件好事情。冬眠的动物要多睡那么一阵子,等着春天来了才能活过来的动物则要迟些才能醒来。但是无论什么季节,野外都有那么一堆动物活跃着,野外之所以为野外,大概因为在外,所以能野吧。

在动物园的动物可不这么想,因为他们得向旁人展示自己能展示的所有。孔雀先生必须把他漂亮的礼服展现出来;梅花鹿小姐只要悠闲地走来走去就可以引发周围的惊声尖叫,如果她愿意,她还可以优雅地吃吃东西,人家就仿佛看到了仙女儿似的;各种各样的猴子们很吵,他们叽叽喳喳交换意见,讨论观看他们的物种是多可怜的物种呀。

贝壳不在动物园,动物园养不住她。贝壳小姐自成一派,她在世间走,有她的轨迹和步子。

贝壳小姐不服从动物园的指令,人们想让她打开看看,就简单地打开自己的外壳,像河马张嘴那样,露出她的内里，她不愿意，她说季节不到。其实哪里是季节不到，她不过就是硬。

贝壳小姐二十四岁，一度想成为刺猬。她欣赏刺猬外在看起来好像很多刺，内在还是软绵绵的，是个柔软的人；贝壳小姐不一样，她的硬是从内到外的。她尝试着要混进人群里，她去面试公司，好在贝壳还是有点料的，她既不容易也不艰难地就混进了人群。于是她开始尝试施行人群的规则。

早上乘坐拥挤的地铁，贝壳小姐在冬天包裹得严实，她看见也有姑娘在寒冷季节里光着大腿，她在心里打了个冷战，替那姑娘冷了一会儿。光着大腿的姑娘还可能遭受一些猥琐大叔的视觉强奸，在那些大叔眼里，姑娘光的不止是大腿，简直是要脱光衣服站在他面前了。猥琐大叔的笑爬上了他的皱纹，他靠近姑娘甩了甩手，姑娘小声地叫了一下，大叔跑得比贼还快。贝壳小姐都看在眼里，她想过去给那大叔一巴掌的，或者干脆用她坚硬的头磕那大叔的头，但她最后也没任何动作。她想人类是不是都会趋利避害，看见其他人的不幸都会躲避开呢？她摇摇头，吞了口唾沫，埋头在她的手机里。其他人不都是这样吗？为了避免尴尬，或是不敢面对陌生的眼睛，干脆就把视线全部转移到手机上。

贝壳小姐缓步走进公司，顺便在楼下大厅的咖啡店里买了一杯卡布奇诺。你说这么一杯小玩意儿竟然要花几十块，也难怪，毕竟里面还有纸杯的钱、工作人员的汗水等乱七八糟的，他们不像小作坊餐厅那样上菜前先吐一口进去已经很开心了。贝壳小姐反正也分不清到底是拿铁奶多还是卡布奇诺奶多，只觉得名字越长好像越像国外的东西，所以几年如一日地点卡布奇诺，久而久之她就觉得自己还真的喜欢这个味道了。

进入公司，打卡，坐在工位上。公司是另一个动物园，打卡像是做标记，标记你来没来，什么时候来，什么时候走，待了多久。其实稍微有点自律的人，都不会觉得打卡机是自己自由的大敌，唯有那些根本管不住自己时间的人，才会分外憎恨打卡机，视它为自由的大敌、老板的奸细、人类最烂的发明。工位是固定的，没有人可以蹿来蹿去，人又不是猴儿，哪那么多可以蹿的理由。丁点自由就够了，春天给花香闻闻，秋天下场秋雨，冬天别雾霾，人就觉得自己简直是大自然的主人。贝壳小姐想到这些，觉得傻透了。

紧接着就是所谓的"一整天繁忙的工作"，也没什么大事。这些工作既无法拯救世界，也无法让贝壳小姐觉得梦想照进现实。然后跟周围人一样，做完一天的事情，拖着不知为何疲惫的身体回家。可今天有点不同。

今天，贝壳小姐被领导叫进了办公室，不过她还真没一副可以"潜规则"的面孔，这点上她可放心了。领导很和善，是个熊猫。熊猫先生平日里就是个嘻嘻哈哈的人，今天突然端端正正止住笑地找贝壳小姐，难免使贝壳小姐心里打鼓。熊猫先生绕了一大圈，都在讲贝壳小姐在工作中的优秀表现，最后逃不过一句"但是"，"但是"的背后才是事实的全部真相——但是公司需要贝壳小姐走，因为贝壳小姐太硬了，太有自己的风格，周围的人都可以改变或者说磨合，贝壳小姐也尝试那么做，可是结果貌似是失败的。

下班，打卡，贝壳小姐计算着能待的时间。时间猛然就变成一只沙漏，漏的每一把沙子，都是贝壳小姐想要紧紧握在手心里的。不过，时间总得向前。贝壳小姐只能开始计算现实生活中供她存活的物品是否够用。幸好她没有养宠物，宠物虽然能陪伴人一段时间，但是失去宠物后那段时间貌似更难熬，还是不养宠物了，更何况贝壳小姐还是个物资匮乏的人。

贝壳小姐开始想象自己的坚硬，是什么时候开始形成的？她翻来覆去睡不着，望着窗外。靠近住处的马路上还有夜深了没有回家的人，不知道他们是加班到现在，还是下班后跑去各种地方玩到现在，总之有在屋子里睡的人，就会有在露天场合里睡的人。贝壳小姐想不出自己的坚硬，她此前也根本没意识到这点，如果不是熊猫领导提出来的话，贝壳小姐还觉得大家生活愉快呢，毕竟平日里她跟其他人的相处还是非常顺利的。

贝壳小姐想要赶在动物园下班以前到动物园看看，她想看看他们的生活形式是怎样的。虽然她知道动物园养不住她,她这种难以归类的物种。

她不在动物园,她得开始流放了;她也不在人群,投放人群计划失败。她也不知道该去哪儿了,总之不是动物园。

你是孤岛,他们是海

年少的时候,总认为自己该是电视剧中的形象,好像生来没有父母,热爱骑马,热爱喝酒,要么佩剑要么配扇,习惯孤独,不善言辞,行走江湖,不问世事,一般不招惹是非,有事找上门来会以一股鱼死网破之势来应对,行侠仗义,办好事从不留名,别人要是一定想知道的话就告诉他们,请叫我浪子。

对,我们总觉得自己是孤岛,认为自己在岛上一无所有,自己是世界第一的穷光蛋,唯一拥有的可能是偶尔会来光顾我们岛的太平洋的风,但我们总忘了,岛之所以为岛,是因为有无边的大海环绕。我们总觉得自己是飞鸟,应该是一种高傲决绝的姿态,自顾自地歌唱,随意地飞东飞西,世人只知道我们会飞的快乐,不知道我们无法降落的苦楚,但我们总忘了,任我们肆意飞翔的,永远都是一整片天空。我们总觉得自己应该是浪子,像我开头所说的那样生活,男子女子皆洒脱,大口吃肉大碗喝酒,但我们总忘了,再不羁的人,也不可能凭空出现在世界上,不是人人都是孙猴子。所以我们一生最不该忘却的其实不是情人不是往事,是父母。

有很多人问我为什么选择北京,明明也可以留在广州或者上海,也一样是繁华城市,说不定比在北京过得要舒服许多。我的回答从来都是,因为离家近。从家乡到北京,391公里,开车四个多小时,坐高铁两个小时。和我之前在南方相比,与父母之间的距离缩短了一千六百多公里,时间上减少了十六个小时。这意味着如果我说今天回家,今天我马上就可以见到他们,而不再像以前一样,说今天回家,其实是第二天才能看见他们。

人生很多事都是头一次。我们头一次做别人的男女朋友,有不少攻略告诉我们怎么做一个好的男朋友或者女朋友;我们头一次做别人的父母,有不少书籍资料告诉我们如何为人父母,应该怎么教育子女;可世上总没有一本告诉我们该怎么做别人的子女,怎么尽孝的书。

我记得大学入学的时候,从北方到南方,父母担心我头一次出远门,于是举家跟着我坐火车到广东,带着凉席被褥,带着各种吃的,像是把整个家都背在了身上。2010年的9月好像特别热,我记得我爸三不五时就得擦汗,全然忘记其实是因为身上背了太多东西。到了宿舍,我累得要死,躺在宿舍的床上不想动,老爸老妈一个人坐在桌子上,一个人坐在椅子上，一点没有责怪我的意思。之后室友们说起来，他们都说我父母人真好，而我真不孝。

2012年国庆假期一趟冒险的海南游，台风持续了整个假期，我躲在异地的小旅馆里不敢出门，身上没有太多钱，吃了两天汉堡包，饿了一天，肚子都饿扁了，脑袋里开始出现各种乱七八糟的念头——如果我就这样死在外地怎么办？我还没来得及孝顺我爸我妈，我还没实现让他们戴大金表开敞篷跑车的梦想，我还没有功成名就，我甚至都还没试过翻云覆雨的滋味，我妈就要没女儿了吗？越想越伤心，竟然哭了起来。可能那个时候我才真的意识到，天底下我最爱的人如果搞排名的话，第一位还是要给我的父母。

今年开始不断地听说谁谁谁的父亲不在了，谁谁谁的母亲好像病倒了，谁谁谁的姨妈昨天还好好的，今天就送到了重症监护室，好像没什么希望了……诸如此类的事情越来越多，我的朋友们开始跟我唠叨起为什么没在他们活着的时候多陪陪他们，对他们好一些，为什么没有在哪件事情上听他们的话，为什么自己梦想还没实现他们已经先老了，甚至先走了。我也是头一次惊觉，原来死这件事情，已经轮到我们的父辈了。而当我们意识到这些的时候，我们甚至都没能真的成为一个大侠，甚至连江湖都没有看到过。

生活永远是一场与梦想相悖的遭遇战。你骑马，它便是海洋；你渡江，它便成了撒哈拉。生活里的悲剧，我觉得求而不得最苦,"想得却不可得,你奈人生何"。"子欲养而亲不待"是这苦的第一位。日本导演小津安二郎的经典名作《东京物语》,讲的是一对年近七十的老夫妇到东京看望几个儿女却遭冷遇的故事,老两口觉得东京待不下去,就想早点回家,在大阪那个地方,老妇人觉得身体不舒服,就下车去三儿子敬三家住了几天。敬三的同事叫他多照看一下父母,尽早尽孝,敬三还不以为意,结果老母亲回到家乡后很快就病逝了,敬三赶回家的时候,没能看到母亲最后一面。日本的丧礼通常会请和尚念经,敬三受不了敲木鱼的声音,一个人跑出去。嫂子纪子问他怎么了,他说我受不了那木鱼声,好像妈会随着那声音逐渐远离,而我没尽到孝心,人死了,铺盖也不能送到坟墓去。这是最悲伤的时候了吧,想要尽孝心,总是在没有机会的时候。

至今仍然感谢我的父母,他们是传统的中国父母,却因为我的缘故被迫学会了使用QQ、微信、网易云音乐,也因为爱我,支持我一切合理的决定——支持我远走他乡闯荡江湖,支持我各种看起来很没用的爱好,支持我找不到合适对象就单身的想法。他们的观念里,我就是一切真理。至今仍然觉得愧疚,K先生问我给父母送过什么礼物的时候,我竟然想不起一件拿得出手的。母亲节送的花?可能我妈更想要我买菜给她吧。给老爸的护手霜?可能他会诧异为什么日子要过得那么敏感。家里从没要我打一分钱回去,爸妈想跟我视频的时候，我可能还会借口工作忙。

很多年之后，你在遥远异乡的巷子里走过，酒馆灯笼未熄灭，你成了另一个时代的人，不写诗，易喝醉，只远行。你说，春光易虚度，不如早早相逢。时间走得太快，别蹉跎，趁着还有时间，要及时爱我们的父母。要记得，孤岛有大海环绕，飞鸟有天空依托，浪子的心头永远有一根慈母手中线。

那个朋友是怎么失去的

我一直觉得自己是个loser的形象。

在爱情方面,谈了两场不咸不淡的恋爱,每一次都以对方的背叛来结尾。如果被背叛这样的故事发生一次的话,可能是对方的问题,如果发生很多次,那可能就是我的问题,可是我偏偏不知道是什么问题,导致我现在单身了整整五年之久。

在亲情方面呢,我不算特别体贴的亲人,蹩脚地跟家里人表达我的亲近。上一次跟我哥讲话还是好几个月以前,完全不像小时候,只要一有时间,我们就腻在一起,或者说我是他的小尾巴。

唯一让我觉得骄傲的,是我在友情这个方面。我自认为我有很多很好很棒的朋友,我实心实意地对待他们,他们也就实心实意地对待我。唯独这个方面不会让我觉得自己很失败。

可是究竟是什么时候,让我觉得这个方面也有点走向失败了呢?而我的那些曾经很要好的朋友又是怎么失去的?

我的朋友之一,是我暗恋多年的男神。今年我终于发现我不喜欢他了,那时竟然是那么的轻松,因为总算可以只是简简单单做朋友了,像对待大学里那些粗糙的朋友一样,喝酒撸串的时候不再那么关注自己在他眼里的形象,跟他说话的时候也不再过分地考虑语气,毕竟只是很好的朋友,一切都变得很轻松。我想这样的话,这个朋友应该是不会再失去吧,毕竟我们共同分享了很多秘密,而秘密绝对是维系朋友关系的不二法门。可是当我只是把他当成朋友的时候,我才渐渐发现之前被蒙蔽忽略了很多东西。他的价值观跟我多少有些不同,我们眼睛朝向的方向也不是一个地方。每一个人的身边可能都有这样一个朋友,我不知道该怎么来形容,但我冥冥之中觉得,可能最后还是会丢失的吧,因为我们在友情里并不平衡。

我的朋友之二,是之前跟我宣称要"友尽"的人。从没有人会这么对待我,所以他跟我这么说的时候,我还觉得挺新鲜的,原来世界上真的是有绝交这件事情啊。可我们的绝交并不彻底,更像小孩子一时的气话,"哼,不跟你玩儿了"这种,平时的生活里彼此还是会交流,比如工作的麻烦,比如工作的不顺利,比如工作是不是该换——没错,我们之间的话题只有工作。但我把他称为朋友是因为,他是我

在北京认识的第一个人，我们共同经历过一段很狼狈的北漂时光，那段时间我们吃十块钱的鸡米花都觉得，这是我能为朋友奉献的最高礼遇。周末我会喊他去书店、博物馆，或者是去爬山。我们嘴里说的都是吐槽对方的狠话，觉得最歹毒的莫过于对方了吧，可是不知道为什么朋友的感觉更深刻，因为那些骂也骂不走的人，不是朋友还能是什么呢？可是在一次我说不能请他吃饭和看话剧一条龙之后，他就和我"友尽"了。我也倔强，硬是好长时间不叫他出来玩。等我们隔了很久再见面，才发现半年时间过去了。如今这个朋友沦为要了解些什么公司的事情才会跳出来跟我说几句话，平时绝不点赞的那种人，然后我想，我真的还有必要跟一个老让我觉得自己被利用的人做朋友吗？

即使如此，我对友情产生怀疑的时候，我也没轻易放弃跟任何一个人的情谊，清楚地知道人和人之间能建立某种联系，其实并不是那么容易。表面嬉笑怒骂，好像贴得很近，其实我们都清楚彼此之间隔了银河系。所以能跟什么人成为朋友，是很珍贵的记忆。

但朋友是什么时候开始失去的？大概是像我这样，开始觉得彼此之间有些什么不合适的地方。有点像谈恋爱，想的东西不同了，看的方向变化了，慢慢地也就像墙上的碎屑一样，开始剥落，开始破碎了吧。

我并不十分清楚每段友情的来龙和去脉，我也不想刻意去追。这世上哪有什么未完的故事，不过都是未凉透心的人在苦苦支撑。如果你占有某个人心里的某个位置，还请好好珍惜，因为不知道什么时候，他可能就会关起门，再也不许你进入其中。

忧伤的时候,到厨房去

我在厨房煮了一包泡面,泡面的热气让我的眼镜蒙上一层迷雾。我擦干净眼镜后,趴在厨房里,安安静静地吃完面。这一刻,我觉得它是我的情人,我应该好好对它。心里默念:泡面啊请你变好吃吧。这么想着的时候我喝完了最后一口汤,并没有如我所愿,跟生活一样。

短发已经长得有些长,我一直在考虑是该剪掉还是任由它生长。我觉得头发这个东西很奇怪,它可能因为跟脑袋紧密相连,所以总能反映脑袋里的事物。忧思多就掉发,无忧无虑就疯长,像没人管的野草;而我在思考到底要不要管它。

听同事说,他准备要走,我竟然没有像以前那样想哭或者难受。开始接受现状,开始改变自己的想法,就像电影里说的,"每个人都只能陪你一段路,每个人都会离开"。我也会离开的吧,某张椅子,某张桌子,某个办公室,某个人。

  我之前不喜欢厨房,我讨厌这种烟火味,即使深知自己是被这烟火味养大的。如果我热爱厨房,就代表我开始和俗世生活"同流合污",所以我不喜欢。如果非要到厨房的话,那一定是我要帮人洗碗,周围很多人不喜欢洗碗,他们喜欢做饭,喜欢破坏或者是创造,我喜欢洗碗,喜欢看那些乱七八糟的东西重新归于整洁。

  可现在我变了。

  开始喜欢厨房,甚至把厨房当作一个避难所。我渐渐感觉到面对食物的时候,人应该有一个不要太纷乱的内心,这让我可以暂时不想其他,单单面对那些对我听之任之的东西。

　　我忧伤的时候喜欢到厨房去。记得某个男孩子，做饭像做音乐，按照拍子按照节奏，专心致志的模样就像个艺术家，拿盘子拿碗拿筷子拿勺，一切动作性感得不得了。而我在生活中随时都可能手忙脚乱，特别在厨房，我总是搞不定土豆的厚度、鸡翅切开这些小事。每次手忙脚乱，我都会暂时忘记忧伤，可能那份忧伤不过是暂时的也说不定。

　　冬天来了，但是暖气还没有到，厨房温暖得让人想要大哭一场。于是我在脑子里开始回想那些让我为之哭泣的人，一遍一遍。还好，厨房开了抽油烟机，没有人听到哭声，大家大概只会诧异，这么晚了，是哪个傻子饿成这副模样。

聊天时每个人都聊自己

"喂,你现在在忙吗?我想跟你聊会儿,我最近好苦恼啊,我跟你说哦……"

"我才正要找你呢,你知道我最近多倒霉吗,男朋友跟我闹分手,工作又一大堆做不完,我妈前些日子摔伤住院了,忙得我焦头烂额的。"

"这样哦,那你要赶紧把事情按轻重程度一件接一件处理好呀!我跟你讲哦,我最近啊……"

这样的对话有没有觉得很熟悉?仔细想想,我们在生活中是不是经常发生这样的事情,当你想要跟别人交流,想让别人聆听你心中所想,不知道怎么回事,好像总是讲着讲着就变成你讲你的事情,他讲他的事情,你们互不干扰,却也并不交流。

因为聊天时每个人都想聊自己。

感同身受是不可能的,就像失恋的时候我们总爱跟周围人诉说，一张一张地抽纸巾来擦眼泪，周围人只能看到你很难过，却无法感受到你有多难过，内心有多痛。所以我们才总能听到一些惯常使用的安慰的话，既不是止疼片，可以让疼痛暂停一下，也不是救命丸，能从根本上挽救你。就因为没有感同身受，我们在聊天的时候才不可能时时刻刻都以倾听对方的感受为主。

我很要好的一个朋友，且叫她F小姐吧。F小姐是南方姑娘，很纯净很美好的那种，二十多岁从来没有谈过恋爱，虽然身边总是围着各种各样的男孩子，但是F小姐内心一直坚守着一定要碰到自己喜欢的才可以在一起的念头，单身到了现在。不过，家长和周遭亲戚总觉得大学毕业后年纪就差不多可以结婚了，相个亲，坐下来聊一聊就可以订婚了，所以总逼着她去跟这个见见面、跟那个吃顿饭。她心里不顺畅，在朋友的微信群里吐槽——为什么总遇不到喜欢的人，为什么有的人可以见几次面吃几次饭就决定终身呢，为什么自己还是没人喜欢。起初还有朋友愿意安慰她，可是说着说着都说到自己身上，说自己也会被催啊，自己也不着急啊，你又为什么急着一定要恋爱，要是我就怎样怎样。F小姐越听越生气，觉得大家根本不考虑她的实际情况，每个人都在从自己的角度来说。其他人也觉得很不悦，明明我是在用我自己的事例来开解你呀，为什么你还会觉得我不可理喻呢。

其实换谁也不开心，大家聊天的时候出发点是自己，开口闭口都是"我",不可能立马切换至对方的角度来经历事情看待问题。毕竟要感同身受、要真的去聆听确实很困难。

在科技这么发达的现代,人跟人的交往其实增加了难度。面对面还好说,可以通过对方的表情、眼神看得出对方到底有没有认真听自己讲话,但通过手机上的各种软件就没法这么轻松地判断了,你在一头叨叨不停,期待对方会不会提出一些让自己豁然开朗、茅塞顿开的观点和答案,而对方那个时候可能在抠脚。

很难有十全十美的解决办法。其实作为倾听者,也有想要听听对方讲什么的时候,可是脑子可能总是不受控制地遨游天际,然后自然而然地又想到自己,脱口而出就是"我怎么样"。分享是件美好的事情,无论分享的是喜还是悲,都代表看重对方。彭浩翔说:"尘世有几许事可堪动地惊天,还不是去似微尘,所有种种,回头再看,就那么回事。爱欲生死,也不过是些破事儿。"对,就是这些其实无关紧要的"破事儿",我们也想要跟重要的人来分享,即使聊天时每个人都想聊自己。

不如这样好不好,如果面对面聊天的话,我们做聆听者的时候,尝试不以"我"来开头说话,初期即使会忍不住,也试试看把目光放到对方身上,哪怕心里只是想着"昨晚那家面馆给的牛肉挺多的""他最近是不是熬夜太多了,黑眼圈那么重,等下我要跟他说""等等,他牙上有韭菜叶子，难道没发现吗"这样无关痛痒的事情，慢慢地看看会不会就能把注意力集中到对方说的事情上。当然这个时候脑袋也得思考，毕竟需要对他说的话进行处理，还要反馈给对方意见呢。

如果是通过手机的话，试着仔细看看他发来的字是什么，想一想这样的事情你要怎么跟对方说，知道感同身受很难，至少可以试着靠近他一点点。其实说不定他也不会听你回应什么，只是想要找个人来说说。毕竟现在的人都很孤独，大部分时候只想找个出口，只想证明自己最起码不是一个人。

"爱和性都是容易的，最本质的不满足是不被了解和孤独感。"聊天的时候试着不要只想聊自己，也听听对方聊什么。做个好朋友，让他知道他怎样你都在，其实也是一件幸福的事情，你说是吧？

夏天是窗边抓不住的那只蝉

夏天应该是夜里躺在院子里数星星，应该是流着汗在池塘里摸蝌蚪，应该是不管男生女生都想光膀子的绵绵日子。夏天是窗外抓不住的那只蝉，跟童年一样。

晨起，八月份的白昼开始变短，五点多钟，天空还是有点悲观的灰色。窗外有只停靠的蝉，大声疾呼，似乎要喊醒我的样子。我挣扎着爬起来关上窗子，很奇怪，那只蝉没有飞走，而是静静地不发出声响。我落得一时清净。

八月五号立秋，从节气来说，现在已经是夏末秋初了，但我们仍然活在盛夏里。

夏天就像爬在我窗前，但我怎么努力也抓不住的蝉。跟童年一样，我不知道一个二十四五岁的人来回忆童年，会不会有些奇怪。有句话说，时常想起过去的人，是因为现在过得不好。我却不这么觉得，我现在过得很好，过去过得也很好，只是会在某个瞬间就想到小时候的自己，那种感觉像是想起寄住在爸爸妈妈家的侄女一样,又亲密又觉得有距离。

记忆里的夏天,我们一家四口会坐在院子里,爸爸和哥哥光着膀子,酣畅淋漓地洗把脸,抄起放在桌上的大西瓜,没有形象地开始乱啃;而我必须小心翼翼地吃,生怕西瓜汁溅到衣服上,让妈妈洗衣服的时候备受折磨。我问爸爸:"我可不可以也光膀子,不穿上衣呢?"爸爸说:"你是女孩子,不可以的呀,不过你现在是幼儿园,跟妈妈不一样,可以暂时脱掉。"我利落地脱掉上衣,只留了小裙子,跟爸爸、哥哥一起没有形象地乱啃西瓜。这样的日子,自幼儿园之后,再没有过。

星空总是最令人心驰神往的。小学的自然课老师姓严,是个严肃的老太太,但她每次都会冲我笑,在我心里她既严肃又和蔼。我在严老师的课上,知道了小熊星座、大熊星座、北斗七星、北极星,到现在,只要是看得到星星的晚上，我都能清晰明确地认出这些星座。我和家人会在盛夏睡不着的夜晚，拿了凉席爬到房顶看星星，我跟他们讲什么是大熊星座，什么是小熊星座，妈妈在旁边帮我扇扇子，说我学得好，我说是严老师教得好。不过我听说严老师在几年前病逝了，而我自小学毕业再没有见过她。

在广东上大学的时候，夜里总是很晚才返回宿舍，天空低垂，星星像是落在我眼前一样。有时候，我和同伴会在宿舍楼道边喝啤酒边弹吉他唱歌。那时候觉得整栋楼都是熟人，一点不担心会被人砸酒瓶。大家亲切地打个照面，有时候会出来跟着哼几声，也看会儿星星，再晚一点，各自睡去。看见有同学返回学校，拍了很多照片，熟悉又陌生。熟悉的地方，映照的都是陌生人的脸。度过的四个夏天再也回不去了。

《还珠格格》播放的年代，我觉得我就是小燕子，上蹿下跳，与其说是小燕子，不如说是小猴子。现在还记得那时的大人好像给我起了个外号叫"申公豹"，因为我太过调皮。调皮的个性，让我总是午后跟着男孩子们跑到山间，找小池塘，卷起裤腿，跟着他们捞蝌蚪。其实我怕极了蝌蚪，黑不溜秋的，难看极了。但为了证明我是人中龙凤，抓蝌蚪这种事也不能落于人后。但我奋力抓也比不过男孩子们，那会儿的小伙伴总会笑话我抓得少，然后我会向他们泼水，一场抓蝌蚪比赛最后总会演变成泼水节。穿着湿答答的衣服回家，虽然会被骂，但是心里是开心的，因为妈妈总是发现不了我背到身后的手里拿着满满一瓶子蝌蚪，就等着它们跟我一起长大，跟我的小伙伴们一起长大。后来我的小伙伴们长大了，我们也都失散了，再见面不过点头之交。至于泼水、抓蝌蚪，真希望就发生在昨天。

我很喜欢看知乎上朱炫回答的问题，他是这么来形容他期待的夏天的：

蝉鸣无止无休，温度三十五六。

敞亮的日光，透过大片鲜绿的树叶凶猛地穿透进来，小区里长满了旺盛青草，野蛮地向四面八方伸展，空出一小片露出泥土的地皮。

电风扇发出规律的嗡嗡声响，木地板上贴着皮肤那一层轻微地冰凉，翻到三分之一处的《科幻世界》，半块儿大西瓜挖空了瓜瓤。

世界在光明刺眼的色调里膨胀，炎热却并不躁烈的下午，小霸王还没来得及关，暑假作业还没来得及写，躺在地板上，睡得不想起，梦中二十年，自己成了科学家，手有两把剑，会使升龙诀。

听说今晚要下雨。

最终，我被那只灰不溜秋的足球吵醒，汗津津的小伙伴们，喊我下楼。

"早点回来吃饭啊。"

我妈笑着说。

这是我记忆中,二十多年前的一个夏季下午。

少年不识愁。

是啊,夏天就是我窗前抓不住的那只蝉,消逝了就是消逝了,跟童年一样,不可追。此刻有风吹来,我好想去海边。

我们去烧烤吧

> 在我的爱人与我之间必将竖起
> 三百个长夜如三百道高墙
> 而大海会是我们中间的魔法一场
>
> ——博尔赫斯《离别》

我在北京待了足足一年,我喜欢北京的夏夜。

可能有人会说,北京的夏天有什么特别!对呀,北京的夏天很平常,我在山西、广东的夏天和北京的夏天没有两样,老家的夏天可能还更特别些,晚上会有流萤飞舞,我烂漫的孩提时期,曾一手抓了很多萤火虫,有种要把所有美好都握在手里的笃定感觉。北京也许也有萤火虫,但是我从来没有见过,我甚至没有见过星空,当然很多人也没见过星空,因为他们很忙,忙到顾不上看星星。

但即使这样,我还是喜欢北京的夏夜。

因为夏夜就意味着烧烤，烧烤意味着情分。

在北京第一次烧烤是和公司同事，当时还是实习生的我，怀着满满的紧张感和新鲜感跟同事们坐在饭桌前。我总觉得酒是调剂人际交往的好东西，是增进感情的好东西，是证明身份的好东西。我能安心在你面前要一瓶酒，无论什么酒，说明你能给我安全感，这份安全感很重要。所以当我要了酒，在公司同事面前畅饮，我就觉得轻松了许多，以后不用怀着谨慎的心情来工作了。特别是那次烧烤，让我吃到了我最爱的土豆的另一种可能——干锅土豆。"噗噗"的小火给土豆温暖，土豆再给人温暖。

生活总是在你不知道的地方给你个急转弯，不一定是惊喜，也不一定是悲戚，但是让你成长，变得成熟。

烧烤摊后来也演化了。

我突然发现，我们将越来越多的离别放在了烧烤的饭桌上。一顿烧烤，外加一桌子喝不喝得完都得喝的酒。这种方式特别容易让人放松，因为有些回归原始的感觉。人是会放下身段的，管你什么CEO小白领，管你什么搬砖的扛水泥的，酒来了你该喝就得喝。而放下身段后，人会变得柔软，耳根子也软。这就回到我要说的"离别"的主题上了。

有朋友要远走，这一走何时能再见尚未可知，也许明天，也许再也不见。一票朋友便开始盘问，"你要去哪里？""你想好了吗？""为什么？"诸如此类的问题。其实何必问呢，很多时候他自己也不知道，他也需要自己去寻找答案。作为朋友，作为兄弟姐妹，这个时候更柔软的方式是"不留"——不挽留，不多问。他要说便会说，他要留又怎么会走。像我以前说过的，他要走，就放他走吧，实在舍不得，给他一个拥抱，眼泪流在他身上，让他默默记住就好，记不住也罢，这是我们无法控制的事情。

离别是为了更好地相聚？胡说！

离别就是离别，离别不会相聚。前缘再续也会有所差别，而且不是一毫一厘的差别。环境、感觉、人，都会改变，相聚只是见了那个人，而不是与当初的感觉相聚。离别的人是见不着的，时间在走，我们都在走，没有停歇，过去的记忆就是过去的，真的要断了过去，让明天好好继续。我说这些话，可能你现在不会觉得有感触，以后也不一定会认同。但我想告诉你们真相，仅此而已。

看过一场演讲，讲的是惜别。有一段话我记下来了：所谓惜别，其实惜的是这个"别"，但更多惜的是为"别"所终止的一段生活，或者说为这个"别"所终止的一个人与另一个人相处的时光。我非常赞同，就像我跟朋友离别，我是真的很舍不得和他们经历过的某段日子，我们彼此珍惜的日子。但那日子真的就是过去了，我们强迫自己相信也好，不信也罢，都是事实。

而这些离别的仪式，很多时候都是在烧烤摊进行的。高档饭店太严肃，在家里闹腾又不好收拾，烧烤摊就成了上上之选。

细数我这几年在烧烤摊上跟人喝酒道别的次数，那些人的名字和表情，我都记得。比如何大嘴、坚强欧巴、蠢猪小姐、大老婆、大气上档次明日少女团、屁股、DH、嘉俊……还有很多很多人。很奇怪的是，大家的情分也是从烧烤摊上建立的，这真可笑，算从一而终有首有尾吗？我也不知道。

如果我们想做朋友，我们去烧烤吧！

如果我们就要分别，我们去烧烤吧！

我们这些恐惧的年轻人

晚上利用一个小时的时间，清理了微信里的朋友，删除了许久不聊天不联系早已失去"朋友"二字定义的人，删除了自己早先发过的牢骚和矫情，深深地为那时饱受我精神垃圾摧残的人感到抱歉——不过也不一定，别人也许一扫而过，根本不知道自己的牢骚和矫情具体是什么，也好，这才是朋友圈该有的常态。

瞬间觉得人际关系清晰而简洁。

有时候我在想，我是不是说得有点多，总想把自己掏干净，告诉别人：看哪看哪，这是我的心。可是反过来想，我日常生活之所见，我耳朵之所听，我能感受到的种种情愫，它们那么美妙，那么迷人，如果郁结在我胸口，我可能会像颗定时炸弹，分分钟炸掉自己。我对这个世界充满饥饿感，我不确定吞进来多少东西就能反过来生产多少东西，但至少我不希望这些东西浪费。

可我，总也找不到安全感。

处在晃晃荡荡的人际关系中，稍有不慎，脆弱的人际纽带就会断裂，而我最恐惧的可能就是这点。突然觉得，其实我们这些年轻人存在那么多恐惧的地方，我会恐惧的，别人也可能会。毕竟，大家所处的环境又是那么相似。可是，慢慢地你会发现，有的人找到了适合自己的步伐，他们的恐惧感越来越少，他们变得越来越强大，心里充满力量；而另一些人就没这么幸运，他们可能在恐惧中越来越畏首畏尾，越来越害怕，迷失自己，然后毁灭。

很不幸，对吧。

昨天还跟我的两个好朋友谈恐惧这件事情，我们突然发现，我们惶恐是因为一年的时间已过去将近一半，但我们的改变微乎其微。我曾在新年伊始想着减肥十斤、少喝酒和咖啡、写十万以上的字、读五十本书、存钱、带父母拍全家福、去旅行、考日语或韩语、学做十道菜、交男朋友，这些事情现在成为扎在身上的刺，一碰就疼。哪项做到百分百了？似乎都没有。于是我们惶恐我们做得太少。

我们都挺贪生怕死的，都知道活一辈子不容易，都想要活得与众不同，尽量精彩，可劲儿闹腾。到最后，却因为没有安全感，把每一天过得死气沉沉，每一天都像同一天，谈何生的意义和快乐。

我们这些恐惧的年轻人，要能摆脱这些恐惧，多好！

去你的好姑娘永垂不朽

——"呃,那个,我还是没办法接受你,虽然你是个好姑娘。"

——"那,好吧!"

这样的对话,出现在我第36次向男神告白之后;类似对话,我还听到过35次。没错,我是他嘴里的"好姑娘",但我从来不觉得我是个"好姑娘",然而我被男神以"好姑娘"的理由,拒绝了一次又一次,偏偏我这样的"好姑娘"还不死心。

"就这样,一步步把自己变得美好,眉目清爽,嘴角要笑,心要善良,做一个讨人喜欢的姑娘,无论发生什么都不要失望,不要丢掉希望,相信并坚定这个世界没有想象中坏,它呀,终将收起锋利的棱角,然后用温暖的闪耀的光芒紧紧拥抱我们。"这话是说给好姑娘听的吗?可我为什么不信呢?所以我只想说:去你的好姑娘永垂不朽!

这个社会太粗糙了，它笼统地把世界二元化，但什么是"好"，什么是"坏"，在很多事情面前，并不能这样爽快干脆地区分出来。你看，隔壁那个化着大浓妆、烟不离手、满口脏话、胳膊大腿都有文身的女孩，是妈妈教导我们要远离的高危"坏姑娘"，但是你知道她常常把省下来的钱寄给远在东北的老母亲，收留了两只被人丢掉的小猫和一只看起来就有残疾的狗狗吗？她还是那个"坏姑娘"，看到你欺负她的残疾狗狗会冲上来对你拳打脚踢，但在我心里她是个不折不扣的"好姑娘"。

所以，如果一定要说，我宁愿承认"勇敢的姑娘永垂不朽"。

勇敢的姑娘，就得勇敢去爱。你既然喜欢人家，还保留什么好姑娘的矜持。谁告诉你女生就该被人追，男生就该主动追别人的？你跟男生一样一样的，看见喜欢的人不主动点，人家走了你才要后悔莫及吗？

勇敢的姑娘，就得勇敢去追梦。你嫉妒别人循着梦想的轨迹越走越远，你羡慕别人每天为了梦想虽辛苦却愉快，你幻想着有一天上天眷顾你，让你实现梦想。可你知道吗？你不勇敢去追逐你的梦想，你能做的就是眼巴巴看着别人实现他们的梦想，永远无法体会到那种梦想实现的快感，永远坐以待毙。

勇敢的姑娘，你为什么畏畏缩缩？我不希望你抽烟，因为抽烟伤肺；我不希望你喝酒，因为喝酒伤胃；我不希望你文身，因为文身是一辈子的印记，很多人文身后都想要洗掉，想回到没有文身的那段时光。以上举的例子，只是我想向你证明"好姑娘"并非那么狭隘的定义，但这些不算特别好的事情，我希望你不要做。我唯独希望的就是你能勇敢起来。这社会偶尔也没那么善良，阻碍你梦想道路的荆棘，你要给它狠狠一击；对你虚伪的人类，你又何必与之为友？你畏缩是因为你害怕，害怕你勇敢之后会失去很多，但是你不勇敢，你怎么知道你得到的会比失去的少呢？

为什么想说这些，因为我不想做个傻乎乎的"乖孩子"和循规蹈矩的"好姑娘"。

我不想做安生的"好姑娘"，我要做个勇敢的姑娘。

没想过要变得多强大，我只希望我们都能成为那种姑娘，不管经历过多少不平，有过多少伤痛，都舒展着眉头过日子，内心丰盛安宁，性格澄澈豁达，偶尔矫情却不矫揉造作，毒舌却不尖酸刻薄，不怨天尤人，不苦大仇深，对每个人真诚，对每件事热忱，永远真实，永远勇敢，永远保持新鲜，永远选择独立，永远敢于反抗，就能永垂不朽，永远伟大。

所以在男神拒绝了我36次后，我决定告白第37次，谁叫我就是这么个勇敢的姑娘。如果他再说我是"好姑娘"，我就不管三七二十一地告诉他："去你的好姑娘永垂不朽！"然后深深吻上他的嘴，死死堵住他拒绝的话。

我们如何走到结婚这一步

声明:此处撇去那些因为年龄到了、家庭逼迫等乱七八糟原因而搭伙过日子的夫妻。

我不是那种特别相信婚姻的人,可能因为小时候见多了婚姻关系中种种破碎的画面,我并不太确认结婚真的是解决双方关系的一种完美方案。恰相反,也许因为婚姻双方对彼此有绝对占有权,反而会不珍惜婚姻关系。

这是我之前一贯的想法。

讲白了,就是对关系存疑,各种关系。虽然我在生活里是个极其想要维持各种关系的人。可能是因为害怕失去关系,所以极力维护,即使我对它是存疑的。

所以我一直很好奇,为什么别人能顺利地步入婚姻。

我并不认为所谓"婚姻是坟墓"或者"婚姻是殿堂"这种说法是正确的,世界上不存在绝对美好的事物,也就不存在绝对暗黑邪恶的事物。

最近周围要结婚的朋友很多,除了心疼荷包里的钱以外,我还特别搞不明白他们如何走到这一步。如何走到这一步,这听起来是个稍微有点低落的说法,不过没关系,我常在生活里问自己:我如何走到这一步。有一次因为这个问题跟一个同事争辩起来,当然结果没有输赢,只是每当问起这个问题,就说明我并不知道答案。

所以,如何走到结婚这一步,我并不知道答案。我问了好几对夫妻,认真回答的其实没多少,但每一对认真回答的,都给了我很多启发。

1.因为我们精神高度统一

同事给我描述了他们夫妻生活的日常,我听得非常欢喜。

"周末我们不出门的日子,就关掉手机,关掉电脑,关掉电视机,两个人静静地躺在床上,一人点一支烟,两人中间放一个烟灰缸,开始天南海北地聊天,什么都可以说,完全不限定主题。

"我们具有很高的默契,常常一句话我还没说出半个字,她就已经说出一整句,或者反过来。有一次我们看电影,一些别人不会注意到的点,我刚想吐槽,结果她已经说出来了。真的就是一种'你别说,我懂'的默契。

"我说句特别不落地的话，我们经常谈精神层面的问题，在这些问题上都能保有一致的看法。

"对孩子这个问题，我们都一样，不太想要添一个人来挤占两个人的空间。

"没办过婚礼，只是领了证，对我们来说，现在跟谈恋爱没什么两样。

"她之前在日本留学的时候，有一次我们在电话里吵起架来，正在气头上呢，她那边突然地震了，她就说：'你等等，我去看看地震怎么回事。'那时我就觉得，等她回来我们就结婚。"

我最喜欢他们躺在床上聊天那段。在我理想的关系里，两个人是能逃离厨房和外界烦忧，安安静静处在一个空间里，闲扯，扯什么都好。如果夏天到了，可以喝着啤酒撸着串；如果冬天到了，就裹着棉被谈天说地。

因为精神世界有着奇特的统一，他们能极大地扩展生活中的舒适区。出于对另一个人的安全感和信任，其实可以不用结婚的，但是如果结婚能更好，那为什么不呢？毕竟法律还是比较保护那些婚姻关系中的人吧。

我产生"好想和他结婚"的想法只有两次，只对一个人。一次是对方在厨房做饭的时候，我在背后看着，其实也没什么特别，可能是他颠勺的样子多了点温柔，也可能是因为我被好吃的迷住了眼，突然产生一种"这样烟火气的生活好像也不错,好想跟对方结婚"的感觉。晚上坐车回家,心想:完蛋了,我居然也想到结婚的问题了。

第二次,正处在失业的时候,他去上班,我去买菜,突然产生一种"小媳妇"的感觉,溢满了幸福感,心想:好想赋闲在家,照顾老公和孩子,我自己喜欢玩什么就玩什么的日子也还不错。美滋滋地买了菜回家做饭,慢慢地这念头就又只是念头了。

我讶异自己也会有这样的时候,所以我得多问问身边结婚的人。

2.她陪着我太久,已经不知道要怎么分开了

可能很多人结婚是因为,彼此已经牵着手走过很久的时光。一整条人生道路,有七分之一的时间是陪在对方身边的,时间里已经没太多激情,但是要说放弃又觉得做不到。

之前公司的同事,给他取个代号叫大哥吧,一个不怎么修边幅的汉子,有时候有点较真儿。我曾非常狭隘地认为,这样的男人,什么样的女人会受得了他。

一天下班,我碰巧和大哥顺路一起走。我们在路上礼貌地攀谈了几句,其实有点不自在。于是我想起我爱问已婚人士的问题。

"唉,你跟嫂子怎么结的婚啊?"

"我们哪,就是在一起时间太久了,不结婚就会分开,

我不想分开,所以结婚了。"

"你们是怎么认识的呀?"

"我们是在一个培训班认识的,起初没什么感觉,后来不知道怎么就觉得这个姑娘好,想追她,但她对我好像没什么意思,有点担心。培训班很快就要毕业了,我想得赶紧说了,至于结果就再议吧。于是毕业前一天我们就在一起了。

"我们在一起五年,同居三年,到现在已经结婚这么多年了。"

"那不会觉得没意思吗?"

"不会。"

大哥不是那种爱多说自己事情的人,我倒是很惊讶他能跟我讲这些,明明是个不健谈的人呢。

结婚还是一件难事。

能耐心陪在某个人身边很多年,是件难事;能陪出结果,也是件难事。

我想起我哥哥离婚的时候,我嫂子说:"我的青春你怎么赔?"我哥哥跟我们说,他自己也是赔了青春的。你看,不舍得陪伴对方的人,会觉得时间是浪费的。

舍得陪对方的人,是那些觉得对方比时间重要得多得多的人。

那句俗套的"陪伴是最长情的告白",可能是句真话吧。

3.其实我还是没有答案

陈升在《黄粱一梦二十年》里唱道:"黄粱一梦二十年,依旧是不懂爱也不懂情,写歌的人假正经,听歌的人最无情。"其实放在我身上也很适用:写文章的人假正经,看文章的人最无情。

我们都是世间最普通的甲乙丙丁,有的人一击即中地碰到了他们的爱情,于是他们组建家庭,继续过着普通的人生;有的人没那么幸运,兜兜转转很多年,还依旧等着转角遇到爱。

我很喜欢"一击即中"这个词,我觉得这个词有点狠。像是杰克·凯鲁亚克在《在路上》里说的那样,"我觉得我像无拘无束的箭",这"一击即中"就有点这意味。

其实并没有得到什么结论,那些走入婚姻的人并没有让我觉得我能总结一个攻略,给还在寻找的人一个适用的方针。可能这个东西,像写字一样,是需要我们去学习的。

所以我们要经历很多人,要告别很多人,要爱上很多人,最后可能还会恨一些人。那是什么让我们想到要跟什么人在一起很久很久呢?

孟非说过一段话:"习惯是一个非常可贵的东西。我们太容易喜欢一个异性了,今天看到这个女孩好,我会喜欢,第二天转脸看到那个女孩好,也可能喜欢,这是骨子里的东西，人性是克服不了的。可贵的是什么，当我跟她相处，有感情了以后，在一起成了一种习惯，我已经离不开这种习惯的时候，那个时候进入婚姻，是相对比较安全的。仅仅是因为爱进入婚姻，很快会在琐碎的、无聊的、日常的生活当中，把那个爱消磨殆尽。但是你们的爱情变成了一种习惯，双方都习惯了对方，而很难习惯别人的时候，那个时候进入婚姻，是最安全且能够相对长久的。"

所以即使我们并没那么幸运，可以一下子遇见能陪你进入婚姻的人，或者能携手走很久的人，但至少我们可以带着一点点期待，等待某个人出现，能一起走就一起走，即使是一个人走，也先别匆忙找人陪伴。

你内在忧郁,你是胆小鬼

你会否认吗,比如我们人类有很多面这件事情。

人类一点不简单,人类不像CD,除了A面就是B面。在外人面前,我们保持美好,要微笑,要落落大方,要看起来像个没有受过伤害的人一样,这样蒙着面具的外在,至少别人不会觉得今天太阳没能正常升起;回到家里或者到了夜里,自己就要把自己从A面切换到B面或者C面,D面也无所谓吧。要不穿内衣,没出门不想洗头,书和本子堆一地又怎样,被子就不叠了吧,反正晚上还要睡在里面。更多的时候,我们可能会看到那个痛苦的、脆弱的、孤独的、玻璃心的、有点攻击欲的、疑神疑鬼的自己从潘多拉的盒子里爬出来,这个时候的自己一点都不想奋斗,不想要活得很累,不想要爱得很辛苦。每个人都是这么多变吧。

特别在爱情面前,像我,变得胆怯,内在忧郁分子,胆小得要命。

除了我是这样,我发现王小波也会这样。他给李银河的书信里写:"我真的不知道怎么才能和你亲近起来,你好像是一个可望而不可即的目标,我捉摸不透,追也追不上,就坐下哭了起来。"多么可爱的王小波,多么可爱的爱情,胆小得像个孩子,因为爱而不得,竟然要哭起来。他还说:"我老觉得爱情奇怪,它是一种宿命的东西。对我来说,它的内容就是'碰上了,然后就爱上了,然后一点办法也没有了'。"对呀,我们在爱情面前多无力,无可奈何到无以复加。

我在朋友心里树立的高大形象,向来都是乐观、直率、豪爽、胆子大、性子野那种,在街上看到还不错的男生就去要联系方式,会因为朋友受了欺负就出头帮忙,会不远千里从北方跑到南方去读书,再从南方返回人生地不熟的北方工作。按道理来说,面对爱情的时候,我也应该果敢冷静得可怕,像是老练的两性关系专家,认真分析"敌我"双方,然后制定出一整套作战方略,誓把对方拿下。但实际是,爱情太奇怪,我一点办法都没有。作战方略统统败下阵来,而我更是胆小得要命,心里生出一万分的难过。

"我长大之后,慢慢地才知道,大部分的感情其实都是那个样子,恒久的等待……等待,却也从来不发出任何的疑惑。像对某一个人物或情境单恋一样,像对某个人的信任,像对一种生之欲以及必将逝去的光华一样,像远天的积雨云，只能远远地看见闪光，却永远听不见远雷的声音。"台湾的大叔陈升如是说道。我说我们在感情里头会忧郁，会胆小，可能是因为我们过分害怕失去或者失败。

我喜欢的那个人，我心里老有一种敬畏感。我特意把他从神坛上拉下来，让他成为一个男人来同我面对面，我还是会有些害怕，尽管我也不知道我在害怕什么。发任何消息的时候，会考虑自己的语气合适与否，不能过分亲昵，可也不能显得陌生，不想有些轻佻，可又不能严肃，结尾的时候该用"呢"还是"呀"，是"耶"还是"呗"，语气词这个时候很重要，实在不行就拿表情来凑。发出去后开始漫长的等待，五分钟过去了，十分钟过去了，二十分钟过去了，半个小时过去了，自己在心里已经演了一部电影，不断为对方辩解，猜测对方是因为临时有事情忘记回复，或者这个时间点还没起床，或者在洗澡。为这个神经兮兮的自己感到难堪，原来我也会有这么卑微的时候，还是不要喜欢他好了，感觉好累。可是呢，这个时候，消息来了，我又会在床上蹦来蹦去，心情瞬间晴朗，好像之前那个阴郁的自己根本就不是自己。我感觉，只要他对我有一点点好，我都可以把这个好放大无数倍，然后把之前的不愉快全部抹掉，被他拉过去继续喜欢他，或者更喜欢他，就这么点出息。

其实有时想，自己牵肠挂肚的那个人，对方可能并不觉得自己是特别的。他可能不会想到出门时喊你一起，有好笑

-222

的事情第一时间分享给你，发一些只有你能看明白的状态。自己忧郁的小心思，从没有映照在对方的心里，对于自己接下来要做什么，可能一直很困惑，会担心他一定爱着别的人，这种感觉从未停止过。对呀，我无法拥有你的时候，我渴望你。我是那种会为了与你相约喝咖啡而错过一班列车或飞机的人；我会打车穿越全城只为见你十分钟；我会彻夜在外等待，假如我觉得你会在早晨打开门。在你的句子说完之前，我编织着我们可以在一起的世界。可是好像，你是一个不会爱我的人。想到这里，我也想哭一场了。

年轻作家王云超说："我们都爱过注定不会爱我们的人，这没什么，因为总有那么一天，我们会突然发现原来自己这么多年不过是钻牛角尖而已，我们对往事的种种不忿，只是觉得自己受了委屈。"我现在虽然还没有觉得受了委屈，但我会害怕，你不让我喜欢你，这是造成我忧郁的全部理由。

人嘛，还不是互相麻烦

有些人生性冷漠，害怕麻烦。既怕自己麻烦别人，也怕别人麻烦自己。于是为了避免麻烦，学着和别人保持礼貌的距离，将自己框在一个圈子里，也将别人框在圈子外，只要保证双方都伸手可以够到对方就可以了，认为这样是最保险又最安全的做法。

很多人都是这样。

我也是一个怕麻烦的人，确切地说，我很怕自己动一根头发可以引发一场西西伯利亚的海啸——当然是句玩笑话，我哪有那么大能耐。但我怕麻烦是远近驰名的，特别是大学时候。

大学时候，帮忙取快递，帮忙从食堂带饭，帮忙买奶茶饮料等，是很常见的事吧，我就特别怕这些事情。取快递，我可能需要专门绕一下路，因为快递有他们固定的地点；带饭，我担心带的饭菜不合对方胃口；买奶茶饮料，又不好意思开口向对方要钱，因为毕竟不到五块，可是不要的话，毕竟也是我父母辛苦挣的钱，所以人生总要在矛盾之中摇摆。

宿舍里和我关系最好的朋友X，是个懒得在外面跑的人，除了特别重要的事情必须出门以外，她基本上都不愿出宿舍门，所以她是宿舍需要带饭频次最高的人。她麻烦过很多人，除了我。我问过她为什么，她说因为那么几次麻烦我帮忙带饭，我语气间的不耐烦被她听了出来，她就决定再也不麻烦我了。

如果她真的不再继续麻烦我，那么我们便没有了后续。事实是，我们在别的地方互相麻烦，产生了深深的羁绊。

"羁绊"是个好词，我喜欢这个词。

喜欢的歌手中岛美嘉有首歌叫《曾经我也想过一了百了》，里面有句歌词是："曾经我也想过一了百了，因为鞋子的鞋带松了，不太会把东西绑在一起，与人的羁绊也是如此。""羁绊"意味着纷乱，扯不清说不明，有人怕这纷乱，有人就爱这不明。

人和人之间，其实是因为互相麻烦，才产生的羁绊。

大学里捎带东西如是，到了社会上，互相帮忙如是。

有很多人觉得职场上并没有真朋友，我不这么认为。我现在的室友是我前公司的同事，我们变成亲密的朋友，一切缘于互相麻烦。

2014年需要重新租房子的时候，正是夏天，麻烦她跟我在炎热的上午跑了好几处房子，她认真地给我建议，出于好心地给我出主意。我羞愧自己总是麻烦她，但也正是由此，我们的关系变得越来越好。起初只是住得近，她会时不时做饭喊我吃，之后因为她室友搬走，我顺势搬了进来，以后演变成周六日我做饭总要多做一份，这样我们就可以一起吃饭了。

2016年初，正是我失业的艰难时刻，她陪伴我度过这段日子，给我出主意，鼓励我。灰暗的日子，因为周围有人存在，光亮也就多了很多。

被需要是件幸运的事，这说明在对方心里，自己是有地位和价值的，虽然有时"被需要"其实是因为麻烦。

人和人之间还真是有趣。有的人只想和你一起喝酒，有的人只想跟你掸烟灰。在新公司里，我有一个同事，知道我爱喝啤酒和咖啡，会跟我讨论咖啡，也会在周五下班后喊我一起去喝啤酒。一定是因为爱好类似，又或者因为一起喝酒的时候我们交换了秘密，总觉得和对方相处是件很棒的事情。另一个同事则会在夜里跟我聊她心中压抑的事情，实际上我是有些不太好意思的，因为我不确定我真的这么让对方信任。我询问她为什么愿意把这些隐秘心事分享给我，她说因为我是她心里认为比较通透的人。她跟我说第二天我们一起抽烟去，我就知道我又可以多一个朋友。

其实把自己的秘密、弱点展示给别人是需要勇气的，这意味着递给对方一把利刃，刀尖朝向哪边，取决于对方。承担这份信任也是件麻烦的事情，因为从此共享同一个秘密，是既危险又刺激的事，但我喜欢这种事，我喜欢被信任，喜欢这种隐秘，喜欢这种羁绊。

人和人之间的麻烦，衍生出世上百分之九十的烦恼，剩下百分之十是甜蜜，而仅仅这一点甜就能解那些酸。

我跟K先生非常亲密，我热烈地仰慕他，痴迷地喜欢他，但我们又是很独立的两个人，特别是他。我会在觉得思念到受不了的时候，装作非常轻巧地跟对方说"我好想你"，随后装作什么都没有发生，因为我知道他的回应绝对会让我这热锅上的蚂蚁迅速冷却，所以在那之前，我要自己先冷静下来。他不会像我这样，他不太喜欢表达类似的情感，怕麻烦到极致，所以跟很多人保持安全距离，我也是好不容易才钻进他的领地。

很少感到被需要，很少感到被想念，是跟他相处最让我难过的地方，但我又深切理解他那种想要以避免麻烦别人的方式来回避伤害的心情。

殊不知，这样的方式反而更加伤人，要知道，人和人之间的羁绊可是通过互相麻烦得来的呀。

因为你上次帮我搬过行李，所以我要回请你吃饭，你觉得不好意思，买了奶茶送我，一来二去，我们变成会在夜里爬上屋顶弹吉他唱歌的好朋友。

因为我叫你帮我捎瓶饮料和两支中性笔芯,所以我中午早到一会儿帮你收拾书桌,之后你放学送我回家,我们变成男女朋友。

因为你喊我去你家吃饭,让我顺便喜欢上你,我总觉得应该制造些麻烦给我们,所以那天下了场大雨,我们才有了后来的故事。

倘若没有那些奇怪的麻烦,我们又怎么去变成特别的羁绊。

也正因为对方的麻烦,我愿意帮他解决一些,愿意将好运气分成两份,一半给他。其实讲白了,愿意对方"麻烦"我,是因为对方是他,也只能是他,非他不可。

同理也一样,那些愿意麻烦我的人,是因为这人是我,非我不可,也只能是我。我知道这份麻烦会烫手,但也万分珍惜对方将自己看在眼里,放在心上。

所以如果想要和什么人发生联系和羁绊,那就共同制造些麻烦吧。

后记

当编辑大人跟我说赶紧准备后记什么的时候,我才终于觉得出书这件事情是真实发生的。晚上下班站在地铁前面的时候,我反复确认这个事实,反复想我何德何能啊!

我何德何能得到来自四面八方,不知名的陌生朋友的喜爱呢?思考过很多次这样的问题,最后都没办法给自己答案,别人说了很多答案,但我都不觉得那是我想要的。直到我开始做电台、写文章,慢慢地我也开始喜欢自己了。因为我发现,我可以很容易地把爱投注在别的人事物身上,却没有关照到真正需要爱的我自己。

这本书的书名是《万一我们一辈子单身》,是因为我的一篇同名文章曾经爆火过(这样一说多少有点不够谦虚)。想到"一辈子单身"这个问题,是有一次帮K搬家,我们搬了一整天,很累,便坐在沙发上聊天,他问我有没有想过可能我会单身很久。他说起之后,这个问题就一直缠在我脑袋里，像被灯罩子罩住飞不出去的小虫子一样，让我想了很多。一天夜里，我买菜回家，终于决定要把我想的东西都写出来。只是没想到因此引发了大量转发，才有了后来的各种机会。

我很感谢K，他在这中间起到了很重要的作用。我做电台是因为K的赏识，我写文章是因为很多次和K聊天产生的念头和想法。觉得在北京无依无靠地漂泊了两三年后，惊喜地发现这两三年身边都有K的身影。每个人的心里都有个缪斯，我跟K说，这样一看好像你就是哦。总之，是真的很感谢K，帮助我成长，让我看见不一样的我。

我收获了很多陌生朋友的喜欢，大家在微博、网易云音乐、片刻、公众号等各种能留言评论的地方告诉我对我的喜爱。我都不知道回复什么好，唯一能说的就是：谢谢。我很少跟陌生朋友互动，也从不在QQ和微信里加陌生朋友，因为我担心他们接触到其他面目的我，会把本来喜欢的那一面也抹杀掉，其实更重要的是我有个自己的小世界，我想要好好保护起来。但好在，大家都宽容，面对一个稍微淡漠一点的我，给予无限的柔情，让我静静地待在我的小世界。对此我还是想说，谢谢各位。

意外地，写着写着就变成了致谢。世界是有点糟糕的，人跟人之间因为麻烦联结在一起，而这其间，又因为具有感恩之心而充盈着爱。"爱与自由"是我的人生信条，于是我把它文在右肩,每每觉得人生失意的时候,就想想这句话,然后自己给自己打气。

我特别感谢我的两位编辑伙伴,他们一个把我带上这条路,让我接触到更多的出版资源,为我找风格合适的出版社;另一个认真对待我的书,把它当成干女儿来疼,看我不紧不慢、徐徐缓缓准备内容的时候,总是露出"怒其不争"的样子。我感谢他们把这件事情当作自己的事情,一直努力推着我这个不勤勉的人往前走。

当然最应该感谢的人,是买这本书的每一个人,看到这里的每一个人。无论你是之前就认识我,还是从这本书才认识我,都没关系。早晚都不是问题,故事是从你我认识才开始发生的。

我真想听听你们的故事,放进我的"酒馆",说不定下一本书是你我共同完成的。

对了,不能忘记告诉爸爸妈妈和我亲爱的家人们,我爱你们!

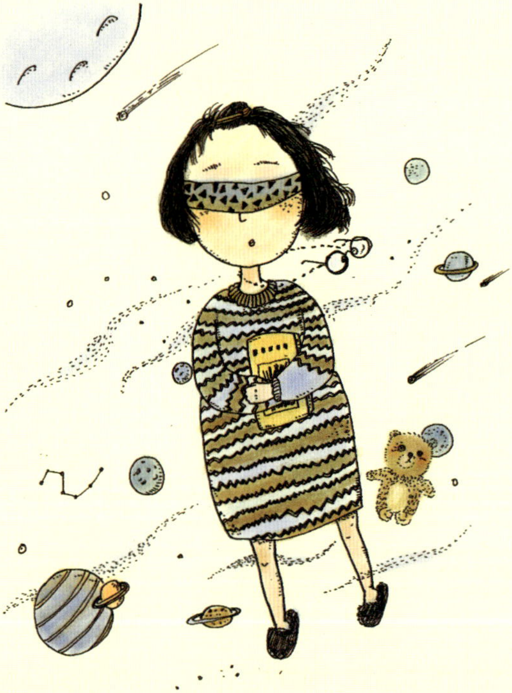